# 閻《えん》魔《ま》亭《てい》事件草紙
# 婿養子

藤 井 邦 夫



幻冬舎時代小説文庫

# 閻魔《えんま》亭《てい》事件草紙　婿養子

# 閻魔亭事件草紙
# 婿養子

目次

# 主な登場人物

**【北町奉行所】**

**大久保忠左衛門**（与力）

　甥・**夏目倫太郎**（本作の主人公・百五十石取り御家人の三男・戯作者）

　娘・**結衣**

**白縫半兵衛**（臨時廻り同心）

《半兵衛の手先》

**鶴次郎**（役者崩れ）

**半次**（岡っ引）

**【南町奉行所】**

**秋山久蔵**（与力）

**神崎和馬**（定町廻り同心）

**柳橋の弥平次**（岡っ引）

《弥平次の手先》

**幸吉**（下っ引）／**由松**（しゃぼん玉売り）

**寅吉**（行商の鋳掛屋）／**雲海坊**（托鉢坊主）

**勇次**（船宿『笹舟』の船頭）

草双紙とは、江戸中期から発行された庶民のための絵入り小説である。頁ごとに挿絵が描かれ、ひらがなで綴《つづ》られる草双紙には、童幼教化的な〝赤本〟、その程度の高い〝黒・青本〟、写実的な諧謔味《かいぎゃくみ》の〝黄表紙〟、伝奇的な〝合巻〟があった。

# 第一話　日陰花

## 一

足音は次第に近づいてくる。

拙《まず》い……。

夏目倫太郎《なつめりんたろう》は夢心地でそう思った。

起きなければ……。

倫太郎は起きようとした。だが、身体《からだ》は動かなかった。

どうした……。

足音はどんどん近づいてくる。伯父《おじ》である北町奉行所与力《よりき》の大久保忠左衛門《おおくぼちゅうざえもん》が、筋張った首を伸ばして怒鳴る顔が浮かんだ。

倫太郎は慌てて身体に力を入れ、起き上がろうともがいた。

金縛りだ……。

倫太郎は焦《あせ》り、必死に起き上がろうと叫んだ。だが、身体は微動だにせず声も出なかった。

足音は倫太郎の寝ている離れの部屋の前にまで来た。

もう駄目だ……。

倫太郎は、忠左衛門に怒鳴られる覚悟を決めた。途端に身体が揺り動かされた。


倫太郎は跳ね起きた。

「もう。二度寝なんかして、さっさと起きなさいよ」

従妹《いとこ》の結衣《ゆい》のふくれっ面《つら》が眼の前にあった。

「結衣……」

倫太郎は、虚を衝《つ》かれた思いだった。

「出掛けるのなら、もう一度顔を洗うのね」

結衣は、さっさと倫太郎の部屋を出て行った。

「悪夢だ……」

倫太郎は寝汗を拭《ぬぐ》い、呆然《ぼうぜん》とした面持《おもも》ちで呟《つぶや》いた。

庭を照らしている太陽は、すでに空高くあがっている。

倫太郎は、出仕する伯父の忠左衛門を見送って再び眠ったのを思い出した。

そうか……。

倫太郎は五体に疲れを覚え、深々と吐息を洩《も》らした。そして、午《うま》の刻九つ（正午）までに実家に行くという母親との約束を思い出した。


夏目倫太郎の実家は、青山の地名の謂《いわ》れとなった美濃国郡上《ぐじょう》藩青山家江戸下屋敷の横手にある武家屋敷街にあった。

倫太郎は、百五十石取りの小普請《こぶしん》組の夏目嘉門《かもん》の三男である。夏目家は長兄が継ぎ、次兄は他家に養子に行き、三男の倫太郎は部屋住みの身分である。

部屋住みは、家を継ぐ嫡男《ちゃくなん》に万一の事がない限り無用の者といえる。そして、嫡男が嫁を娶《めと》り、男子が生まれれば〝厄介叔父〟〝無駄飯食い〟と陰で蔑称される身となる。

倫太郎は、三年前に母の兄である大久保忠左衛門の屋敷の離れに転がり込み、従妹の結衣の勧めで居付いてしまった。その頃の大久保家は、嫡男を病《やまい》で亡くし暗く沈んでいた。結衣はそれを嫌い、従兄の倫太郎に居候《いそうろう》になるのを勧めたのだ。

倫太郎は、結衣の勧めに応じて居候を決め込んだ。

旗本御家人の部屋住みは、養子の口がなければ己自身で暮らしを立てなければならない。医者、絵師、浪人、侍の身分を捨てて町人などになる。それが出来ない限り、部屋住みとして虚《むな》しい生涯を送らなければならない。倫太郎は、草双紙の戯作《げさく》者《しゃ》として身を立てる決心をしていた。

倫太郎は母親の千代《ちよ》に迎えられ、父親・嘉門の座敷に向かった。

「父上、お変わりなく、堅固《けんご》で何よりです」

「うむ。大久保の義兄上《あにうえ》はお達者か」

嘉門は、無精髭《ぶしょうひげ》の伸びた顔で生真面目《きまじめ》に尋ねてきた。

「はい。それはもう、朝から大声をあげて達者なものです」

「そうか……」

「して父上、御用とは……」

「うむ。それなのだが、総一郎《そういちろう》が妻を娶る事になった」

「ほう、兄上の婚儀が決まったのですか」

「左様。それを機に夏目の家は総一郎に譲り、儂《わし》は隠居する事にした」

「隠居ですか……」

「うむ」

嘉門は頷《うなず》いた。

顎《あご》の無精髭には白いものが目立ち、皺《しわ》も深くなっていた。

父親も五十歳の半ばを過ぎて老いた……。

「それもいいじゃありませんか」

倫太郎は微笑《ほほえ》んだ。

「そう思うか」

「はい」

「総一郎が妻を娶れば、やがては子も生まれる。そうなるとそなたは……」

「父上、私の事は心配御無用です」

倫太郎は胸を張った。

「そうか。実はな、妻となる者の父親は、小普請組支配組頭でな。これで総一郎もお役目に就けよう」

厳しい面持ちの嘉門の眼に喜びが瞬いた。

倫太郎は見逃さなかった。

嘉門は、夏目家の家督を継いでから無役の小普請組でしかなかった。

倫太郎がよく覚えているのは、静かに和漢の書籍や碁盤に向かっている姿であり、関口流柔術の稽古をつけてくれる強い父親だった。

倫太郎は、小普請組である事に腐りもせず、超然とした毎日を過ごす父親に畏敬の念を抱《いだ》いていた。

その父親が、倅《せがれ》が役目に就けると密《ひそ》かに喜んでいる。

親父も老いた……。

倫太郎は、父の淋しさと虚しさを思い知らされた。

「倫太郎……」

控えていた千代が、心配げに眉《まゆ》をひそめた。

「母上、近頃は黄表紙もよく売れていましてね。食うには困っておりません」

「そうですか……」

「だが、いつまでも戯作者でもあるまい」

嘉門は白髪の伸びた眉をひそめた。

「ま。もうしばらくは……。それに大久保の伯父上や伯母上に何かと頼りにされていますし――」

「それならよろしいのですが。大久保の兄上は昔から口煩《くちうるさ》い喧《やかま》し屋。あまり逆らわないようにね」

千代は心配した。

「それは充分に心得ております」

倫太郎は苦笑した。

父と母の用は、長兄・総一郎の婚儀が調《ととの》った事の報《しら》せだった。

それは、夏目家が長兄・総一郎の手に移り、倫太郎の居場所と両親の庇護が少なくなるのを意味した。

「それで母上、兄上は」

「それが今、お相手のお屋敷に行っているのですよ。婿に行くわけでもないのに……」

千代は微《かす》かに眉を曇らせた。

「千代……」

嘉門は短く窘《たしな》めた。

長兄・総一郎は、相手方の屋敷に入り浸っている……。

倫太郎は、父と母の不満を知った。

「そうですか。ま、よろしくお伝え下さい」

倫太郎は明るく告げた。

「うむ。倫太郎、これをな……」

嘉門は、金襴の刀袋に入れた脇差《わきざし》を倫太郎に渡した。

「これは確か、夏目家に伝わる播州兼房《ばんしゅうかねふさ》の脇差ではありませんか」

「左様。倫太郎、私がお前にしてやれるのは、その兼房の脇差を贈るぐらいしかなくてな」

父・嘉門のせめてもの志……。

「かたじけのうございます」

倫太郎は、金襴の刀袋に入った脇差を押し戴《いただ》いて深々と頭を下げた。

「倫太郎……」

千代は、門を出ようとした倫太郎を追って来た。

「なんです、母上」

倫太郎は、怪訝《けげん》に母親を見つめた。

「少ないけど、これを持って行きなさい」

千代は、懐紙に包んだ小判を差し出した。

「母上……」

倫太郎は眉をひそめた。

「食うには困っちゃあいませんよ」

「でしたら、何か一大事の時に役に立てて下さい。母にはこれぐらいしか出来ないのですから」

千代は、懐紙に包んだ小判を倫太郎に握らせた。

「困った時には、遠慮しないで来るのですよ」

千代は素早く身を翻し、古びた屋敷に戻って行った。

「母上……」

倫太郎は、脇差と小判の包みを握り締めて母親の後ろ姿を見送った。

不意に淋しさが込み上げ、生まれ育った古い屋敷が遠ざかる思いに駆られた。


青山から赤坂に抜け、溜池《ためいけ》沿いを江戸湊《えどみなと》に向かって進むと愛宕《あたご》下に出る。そして、芝口や京橋を進むと八丁堀になる。

溜池に風が吹き抜けていた。

倫太郎は岸辺に腰を降ろし、千代に貰った懐紙の包みを開いた。包みの中には、五枚の小判が入っていた。おそらく千代が、内職をした上に家計を切り詰めて貯めた金なのだ。

五両の小判の一枚一枚に母の心がこもっている。

倫太郎は、五両の小判を懐紙に包み直し、懐《ふところ》の奥深くに仕舞い込んだ。

「失礼ですが、夏目倫太郎さまではございませんか……」

女の声が、遠慮がちに倫太郎の名を呼んだ。

倫太郎は怪訝に振り返った。

大店《おおだな》のお内儀らしき女が、中年の女中を従えていた。

「あっ。やっぱり倫太郎さまだ」

お内儀は嬉しそうに顔をほころばせ、倫太郎の傍《そば》に寄って来た。

「失礼だが、あなたは……」

倫太郎は戸惑った。

「隣に住んでいた芳絵《よしえ》です」

「芳絵さんって、田村《たむら》の芳絵さんか……」

「はい」

お内儀は微笑んだ。

「そうか、田村の芳絵さんか……」

倫太郎は、少年の頃に隣の屋敷に住んでいた二歳年上の少女を思い出した。

「ええ。倫太郎さん、ご立派になられて……」

芳絵は、懐かしげに倫太郎を眺めた。

倫太郎は、思わず頬が熱くなるのを感じた。それは、少年の時に味わった感覚でもあった。

その昔、田村家は主《あるじ》で芳絵の父である善太郎《ぜんたろう》が辻斬《つじぎ》りに斬殺され、僅《わず》かな家禄を没収されて組屋敷を追い出された。芳絵は幼い弟の手を引き、母親の後に従って古い屋敷を出て行った。

雨の降る日だった。

倫太郎は門の下に佇《たたず》んで、立ち去って行く芳絵たちを見送った。芳絵は倫太郎を一瞥《いちべつ》し、微かな笑みを投げ掛けて去って行った。その笑みにどんな意味があったのか、倫太郎は今でもよく分からない。

芳絵との再会は、その日以来だった。

風が吹き抜け、溜池の水面《みなも》に小波《さざなみ》が煌《きら》めいた。

「今は何を……」

芳絵は首を傾《かし》げた。

「貧乏御家人の部屋住み。家を出て戯作者の真似事をして糊口《ここう》をしのいでいますよ」

倫太郎は苦笑した。

「で、芳絵さんは……」

「青山の屋敷を出てからいろいろございましてね。今は浜松町の茶道具屋に嫁いでおります」

「じゃあ、今は茶道具屋のお内儀さんですか」

「はい……」

「何て茶道具屋ですか」

「玉秀堂《ぎょくしゅうどう》と申します」

「ほう。玉秀堂ですか……」

茶道具屋『玉秀堂』は、江戸でも名高い茶道具屋であり、茶を嗜《たしな》まない倫太郎でも聞き覚えがあった。

「ええ……」

芳絵の大きな眼は、微かに潤《うる》んできらきらと輝いた。それは、芳絵が少女の頃の眼と同じだった。

「お内儀さま……」

中年の女中が、芳絵に声を掛けて来た。

「何ですか、おとき」

「お約束の刻限が……」

おときと呼ばれた中年女中が、遠慮がちに告げた。

「おお、そうでした。倫太郎さま、出来るものなら昔話などを楽しみたいと存じます。お暇が出来たらお声をお掛け下さいませ」

「うん。心得た」

「では、失礼致します」

芳絵は嬉しげに頭を下げ、赤坂一ツ木の通りをあがって行った。

倫太郎は見送った。

芳絵は、倫太郎にとって初恋の相手ともいえた。

芳絵……。

倫太郎は呟き、遠ざかる芳絵の後ろ姿を眩《まぶ》しげに見送った。

播州の刀工藤原一文字兼房の脇差は、長さ一尺八寸の乱刃であり、白っぽい輝きを放っていた。

「なんだか吸い込まれそうな輝きね」

結衣は、恐ろしげに兼房の脇差を見つめた。

「うん……」

兼房の脇差の白い輝きは、父がそれを大切にしていたことを教えてくれた。

「そうか、嘉門の叔父さま、隠居されるのですか……」

結衣は、娘のいない嘉門に可愛がられた。そして、結衣も物静かな嘉門を慕っていた。

「うん。そして、兄上が家督を継いで妻を娶るそうだ」

倫太郎は脇差を鞘《さや》に納め、金襴の刀袋に仕舞って棚に置いた。

「なんだか淋しくなるわね……」

「ああ……」

倫太郎は、冷えた茶を飲んだ。

陽《ひ》は西に大きく傾き、庭の木々の影を長く伸ばしていた。

日本橋青物町にある居酒屋『角や』は、若い衆の威勢の良い声が飛び交い、仕事帰りの職人やお店者《たなもの》で賑《にぎ》わっていた。

倫太郎は隅の席で酒を飲み、鶴次郎《つるじろう》が来るのを待っていた。

役者崩れの鶴次郎は、北町奉行所臨時廻《りんじまわ》り同心・白縫半兵衛《しらぬいはんべえ》の手先として働いている男だ。

倫太郎は、時々鶴次郎と『角や』で酒を飲み、草双紙になる話を探す。今夜はその鶴次郎と酒を飲む約束をした夜だった。

落ち合う約束の刻限が過ぎ、四半刻（三十分）が過ぎても鶴次郎は現れなかった。

どうした……。

約束を忘れたのか、それとも事件でも起きて来られないのか。

倫太郎は思いを巡らせた。

「いらっしゃい」

若い衆たちの客を迎える威勢の良い声があがった。

鶴次郎か……。

倫太郎は、入って来た客を見た。客はやはり鶴次郎だった。

鶴次郎は、倫太郎の許《もと》にやって来た。

「遅くなりました」

鶴次郎は、倫太郎の前に座った。

「いいえ……」

倫太郎は、鶴次郎の猪口《ちょこ》に酒を満たした。

「こいつはどうも……」

「なにかあったのですか」

倫太郎と鶴次郎は酒を飲み始めた。

「はい。古川に架かっている将監橋で大店の旦那が殺されましてね」

鶴次郎は声を潜めた。

「辻強盗ですか……」

「扱いは定町《じょうまち》廻りの風間《かざま》の旦那で、ちょいと聞き込みに駆り出されただけでしてね。その辺りはまだ。どうぞ……」

鶴次郎は、倫太郎の猪口に酒を満たした。

「どうも。で、殺された大店の旦那ってのは何処《どこ》の誰ですか」

「そいつが浜松町の茶道具屋の徳太郎《とくたろう》って旦那でしてね」

「浜松町の茶道具屋……」

倫太郎は、芳絵を思い出して戸惑った。

「ええ。何か……」

鶴次郎は、倫太郎の戸惑いに気づいた。

「鶴次郎さん、茶道具屋の名はなんと……」

「玉秀堂って老舗《しにせ》ですよ」

「やっぱり……」

倫太郎は息を飲んだ。

「ご存知なんですか、玉秀堂……」

鶴次郎は眉をひそめた。

「鶴次郎さん、実は……」

倫太郎は、玉秀堂のお内儀の芳絵との関わりを話した。

「へえ。じゃあお内儀とは幼馴染《おさななじ》みですかい」

「ええ。そうなりますか……」

「じゃあお内儀さん、歳《とし》は……」

「確か私より二歳年上ですよ」

「二歳、そうですか……」

鶴次郎は戸惑いを滲《にじ》ませた。

「どうかしましたか」

「えっ、ええ。殺された玉秀堂の旦那の徳太郎さんですが、白髪混じりで見事に肥《ふと》った五十男ですよ」

「五十男……」

倫太郎は驚いた。

「ええ。父娘ほど歳の離れた夫婦ですよ」

五十歳過ぎの旦那の徳太郎に二十歳代のお内儀の芳絵……。

夫婦にしては歳が離れ過ぎている……。

倫太郎は眉をひそめた。

「ま、歳が離れている夫婦なんてよくありますからね」

鶴次郎は、倫太郎の困惑に気づき、その場を収めるように酒を飲んだ。

「それで主の徳太郎は、どのように殺されたんですか」

「そいつが、左肩から右に袈裟懸《けさが》けの一太刀。かなりの使い手って奴ですぜ」

鶴次郎は、猪口の酒を飲み干した。

「そうですか……」

倫太郎は手酌で酒を飲んだ。

芳絵の歳の離れた夫である茶道具屋『玉秀堂』の主・徳太郎は、何者かに袈裟懸けの一太刀で斬り殺された。

その背後に何があるのか……。

倫太郎は、芳絵の笑顔を思い出した。

居酒屋『角や』は、夜が更けると共に酒を楽しむ客で賑わった。

二

三縁山増上寺は、徳川家の菩提寺《ぼだいじ》として二代将軍秀忠の墓などがあり、門前には飯倉神明宮や浜松町があった。

浜松町の茶道具屋『玉秀堂』は、日本橋の通りに面していた。

徳太郎の弔いは盛大に行われた。

弔問客は商い仲間の旦那衆などの町方の者の他、『玉秀堂』が出入りを許されている大名家や大身旗本の家来たちもいた。

倫太郎は、伯父である大久保忠左衛門の紋付羽織を借り、弔問に訪れた。

芳絵は窶《やつ》れ、その眼を涙に濡らしていた。

倫太郎は、芳絵に挨拶をして徳太郎の遺体に手を合わせた。

芳絵は、倫太郎の弔問に微かに驚き、深々と頭を下げた。

弔問を終えた倫太郎は、次の間に下がって弔問客を眺めた。訪れる弔問客は途切れる事はなく、芳絵は挨拶をし続けていた。

「倫太郎さん……」

背後から鶴次郎の声がした。

「やあ……」

「来ていたんですか」

鶴次郎は、緋牡丹《ひぼたん》の絵柄の半纏《はんてん》を裏の紺地に替えて着込んでいた。

「ええ。で、旦那の徳太郎を斬った者の手掛かり、何か摑《つか》めましたか」

倫太郎は囁いた。

「ここじゃあなんですから……」

鶴次郎は、倫太郎を『玉秀堂』の斜向《はすむ》かいにある古い小さな蕎麦《そば》屋に案内した。

「いらっしゃい……」

蕎麦屋の老亭主は、鶴次郎に頷いて見せた。

「父《と》っつぁん、酒を頼むよ」

「ああ……」

鶴次郎は、すでに蕎麦屋の老亭主に金を握らせて様々な話を聞き出しているようだった。

「旦那の懐から財布がなくなっていましてね。風間の旦那は辻強盗じゃあないかと……」

鶴次郎は、倫太郎の反応を窺《うかが》った。

「辻強盗ですか……」

倫太郎は眉をひそめた。

「何か……」

「いえ。じゃあ、旦那は何処からの帰りだったんですか」

徳太郎が斬られた将監橋は古川に架かっており、薩摩藩島津家七十三万石の江戸上屋敷を始めとした大名屋敷があった。徳太郎はそうした大名家の屋敷からの帰りだったのかも知れない。

倫太郎はそう睨《にら》んだ。

「そいつがよく分からないんですよ」

「分からない……」

「ええ。お内儀《かみ》さんも番頭さんたちも知りませんでしてね。風間の旦那、大久保さまに頼んで大名屋敷に問い合わせて貰ったのですが、何処からも旦那が来たって答えはなかったそうです」

「おまちどお」

老亭主が酒を持って来た。

「さあ、どうぞ」

鶴次郎は、倫太郎の猪口に酒を満たし、手酌で飲んだ。

「じゃあ旦那、何処に行くと云って出掛けたのですか」

「それなんですが。旦那、商い仲間の旦那衆との寄り合いだと云って、夕方一人で出掛けているんですが、寄り合いなんてなかったんですよ」

鶴次郎は眉をひそめた。

徳太郎は、寄り合いだと嘘を云って出掛け、将監橋の袂《たもと》の明地の傍で辻強盗に遭った。

北町奉行所の定町廻り同心・風間鉄之助《てつのすけ》はそう睨み、徳太郎の足取りを追っていた。

「そうですか……」

倫太郎は猪口の酒を啜り、窓の外に見える『玉秀堂』を眺めた。『玉秀堂』には弔問客が続いていた。

倫太郎は、蕎麦屋の表で鶴次郎と別れた。鶴次郎は、弔問客に不審な者がいないか『玉秀堂』に戻った。

芳絵は弔問客の相手に忙しく、倫太郎と話をしている暇などなさそうだ。

帰るか……。

倫太郎は踵《きびす》を返した。その時、向かい側から背の高い若い浪人が、着流しの裾を翻してやって来た。

倫太郎は若い浪人と擦れ違った。

擦れ違いざまに若い浪人は、微かな笑みを浮かべたように見えた。

知り合い……。

倫太郎は思わず振り返った。だが、若い浪人は、何事もなかったかのように通り過ぎて行った。

勘違いか……。

倫太郎は見送った。

背の高い若い浪人は、弔問客の出入りしている『玉秀堂』を一瞥して古川に架かる金杉橋に向かって行った。

倫太郎は、八丁堀の北にある薬師堂近くの大久保忠左衛門の御組屋敷に戻った。

数日が過ぎた。

倫太郎は、蕎麦屋に入って『玉秀堂』を眺めた。『玉秀堂』は喪に服し、大戸を閉めていた。

「父っつぁん。玉秀堂、まだ喪に服しているんだね」

倫太郎は、せいろ蕎麦を啜りながら店の老亭主に尋ねた。

「小僧の話じゃぁ、明日から店を開けるそうだよ」

老亭主は、倫太郎が鶴次郎と親しい間柄だと見て気軽に応じた。

「じゃあ、明日で喪が明けるか……」

『玉秀堂』の主・徳太郎を手に掛けた者はまだ捕まってなく、誰にどうして殺されたかもはっきりしていない。

「それにしても、旦那がいないとなると、商いも大変だろうな」

「そいつがそうでもないんだよ」

老亭主は苦笑した。

「どういう事かな」

倫太郎は眉をひそめた。

「玉秀堂は、旦那がいる時からお内儀さんが取り仕切っていたからね。旦那がいなくてもどうって事はないさ」

「へえ、そうなのか」

倫太郎は、芳絵に商いの才があったのに戸惑いを覚えた。

「玉秀堂、今のお内儀さんが後添《のちぞ》えで来てからお得意さんが増えたそうだぜ」

芳絵は、『玉秀堂』の主・徳太郎の後添えに入っていた。

「前のお内儀さん、どうしたのかな」

「身体の弱いお人で、長患いの挙句に亡くなってねえ。子供も煩わしい親類もいないってんで、旦那はすぐに今のお内儀さんを後添えに迎えたってところだが、かなり前から囲っていたようだぜ」

「じゃあ、妾をお内儀に据えたのか……」

「きっとね……」

老亭主は頷いた。

芳絵は、徳太郎に囲われていたのかも知れない……。

十五年前、青山の組屋敷を出て行った芳絵がどう生きて来たのか、倫太郎は知らない。だが、母親と弟の三人暮らしが、辛《つら》く厳しいものだったのは容易に想像がつく。

倫太郎は、芳絵の生きて来た十五年間に思いを馳《は》せた。

茶道具屋『玉秀堂』は、老番頭の善兵衛《ぜんべえ》の他に二人の手代と小僧、そして女中などの奉公人がいた。

倫太郎は、大戸を閉めている『玉秀堂』を眺めた。小僧が、裏手から出て来て店の表の掃除をし始めた。そして、小僧が掃除を終えて僅かな時が過ぎた頃、頭巾《ずきん》を被《かぶ》った芳絵が裏口から現れた。

芳絵……。

倫太郎は思わず物陰に潜んだ。

芳絵は頭巾で顔を隠し、往来を窺って増上寺門前に急いだ。供も連れずに出掛けるその姿には、人眼を憚《はばか》る様子が窺えた。

何処に行く……。

倫太郎は、芳絵を追った。

芳絵は、増上寺門前の立場で辻駕籠《つじかご》に乗り、日本橋の通りを新橋に向かって進んだ。

倫太郎は尾行した。

芳絵を乗せた辻駕籠は、神明町、宇田川町、芝口町と進み、溜池から流れる汐留《しおどめ》川に架かる新橋の袂にある船宿の前に停まった。

倫太郎は物陰に潜んで見守った。

芳絵は辻駕籠を降り、船宿『柳井《やない》』の暖簾《のれん》を潜《くぐ》った。

誰かと逢《あ》うのか……。

倫太郎は、何とか船宿『柳井』の様子を探ろうと考えた。だが、芳絵は『柳井』の女将《おかみ》に案内され、船着場に繋《つな》がれていた屋根船に乗り込んだ。そして、警戒するように辺りを一瞥して屋根船の障子《しょうじ》を閉めた。その時、障子の陰に男の影が僅かに見えた。

男が先に乗っている……。

倫太郎は焦った。

芳絵の乗った屋根船は、汐留川を下って三十間堀《さんじっけんぼり》に向かった。

倫太郎は、岸辺沿いに追うしかなかった。

芳絵は、屋根船で男と密かに逢った。

密かに逢っている男は何者なのか……。

倫太郎は、屋根船を追った。だが、屋根船は三十間堀から楓川《もみじがわ》に抜けて進み、倫太郎は次第に引き離されていった。そして、倫太郎が楓川に架かる越中殿橋に差し掛かった頃、芳絵を乗せた屋根船は、日本橋川を東に曲がってその姿を隠した。

もう駄目だ……。

倫太郎は諦めて立ち止まり、乱れた息を整えた。

楓川の流れは煌めき、長閑《のどか》に続いていた。

倫太郎は尾行に失敗した。

芳絵は明らかに尾行を警戒し、その顔を隠す男と密かに逢っている。

それは徳太郎斬殺に関わりがあるのか……。

倫太郎は、思いを巡らせながら楓川沿いの道を日本橋川に向かった。そして、丹波国綾部藩二万石九鬼家の江戸上屋敷の角を東に折れ、御組屋敷街に入った。その御組屋敷街の一角に大久保屋敷はあった。

「お帰りなさいませ」

相撲取り上がりの下男の太吉《たきち》が、門前の掃除の手を止めて倫太郎を迎えた。

「やあ、今帰ったよ」

「倫太郎さま、鶴次郎さんが来ていますよ」

「鶴次郎さんが……」

「ええ。離れの庭でお待ちです」

「そうか」

事件に何か進展があったのかもしれない。

倫太郎は、庭伝いに自室のある離れに向かった。離れから結衣の楽しげな笑い声が聞こえた。倫太郎の部屋の濡縁《ぬれえん》に鶴次郎が腰掛け、結衣と楽しげに話し込んでいた。

「やあ……」

「お留守にお邪魔しています」

鶴次郎は、濡縁から立って挨拶した。

「待たせたようですね」

「いいえ。結衣さまにお茶を戴いていました」

「倫太郎さん、鶴次郎さんの話、面白いわよ」

結衣は楽しげに笑った。

「結衣、俺にもお茶をくれ」

「はいはい……」

結衣は気軽に立ち上がった。

「相手、大変だったでしょう」

倫太郎は、結衣を示して声を潜めた。

「とんでもない。利発で賢い方ですねえ」

鶴次郎は感心した。

「それで、何か分かったんですか」

「昨夜、将監橋の袂に辻強盗らしい浪人が現れたそうでしてね」

「浪人……」

倫太郎は眉をひそめた。

「三田の呉服屋の旦那が、芝口のご贔屓《ひいき》の処《ところ》から駕籠で帰る途中、将監橋の袂に佇んでいる怪しげな浪人がいるのに駕籠舁《かき》が気がついたそうでしてね。それで慌てて隣の金杉橋に遠廻りしたそうでしてね」

「その浪人が辻強盗かもしれませんか」

「ええ。それで風間の旦那、今晩張り込んでみると……」

「じゃあ私も行ってみます」

「そうですか。じゃあ、あっしも行きますよ」

鶴次郎は頷いた。

「で、倫太郎さんの方は何か……」

「それが、玉秀堂のお内儀に尾行を撒《ま》かれましてね」

倫太郎は苦笑した。

「どういう事です」

鶴次郎は眉をひそめた。

倫太郎は、芳絵が人眼を忍んで出掛け、屋根船で密かに男と逢った事を告げた。

「玉秀堂のお内儀さん、何かありそうですね」

鶴次郎の眼が鋭く光った。

「鶴次郎さんもそう思いますか……」

「ええ、きっと……」

鶴次郎は、厳しい面持ちで頷いた。

「万が一、お内儀が徳太郎殺しに関わっているとしたなら、辻強盗の仕業《しわざ》じゃあなくなりますね」

「そうですが、いずれにしても確かめてみなければならないでしょう」

「ええ……」

倫太郎は頷いた。

「お待たせ致しました」

結衣は、倫太郎と鶴次郎、そして自分の分の茶を持って楽しげにやって来た。

「倫太郎さん。お嬢さま、お父上さまと似ていませんねえ」

鶴次郎は戸惑い、大いに感心した。

「でしょう……」

倫太郎は苦笑した。

増上寺の伽藍《がらん》は月明かりに輝いていた。

将監橋は、増上寺と武家屋敷の間を流れる古川に架かっている。

亥《い》の刻四つ（午後十時）が過ぎ、町木戸も閉じられた。

往来を行き交う人も途切れがちになり、将監橋を渡る者もいなくなった。

古川沿いの明地に黒い人影が浮かんだ。将監橋に向かってくる黒い人影は、塗笠を目深《まぶか》に被った着流し姿の浪人だった。

辻強盗……。

塗笠を目深に被った着流しの浪人は、将監橋の袂の暗がりに気配を消して佇んだ。

浪人の周囲には冷たい緊張感が漲《みなぎ》った。

人通りもなく時が過ぎ、浪人は佇み続けた。

辻強盗に違いない……。

誰もがそう思った時、増上寺門前の往来を提灯《ちょうちん》を持った人影がやって来た。浪人は、将監橋の欄干に寄って身構えた。同時に北町奉行所定町廻り同心の風間鉄之助が、配下の岡っ引たちと共に将監橋の周囲から飛び出して浪人に殺到した。

鶴次郎と倫太郎は続いた。

塗笠に着流しの浪人は、殺到する風間と岡っ引たちに対して身構えた。

「北町奉行所だ。神妙にしろ」

風間は怒鳴り、十手《じって》を構えて猛然と浪人に襲い掛かった。刹那《せつな》、浪人は刀を横薙《よこな》ぎに一閃《いっせん》した。刃風が鋭く鳴った。風間は、咄嗟《とっさ》に飛び退《の》いたが叩き付けられたように倒れた。

見事な一撃だった。

浪人は嘲笑を洩らし、倒れている風間に迫った。

「風間の旦那」

岡っ引の悲痛な叫び声が飛び交った。

危ない……。

倫太郎は、暗がりを飛んで浪人に鋭い蹴りを放った。

塗笠が夜空に飛んだ。

浪人は、塗笠を蹴り飛ばされながらも辛《かろ》うじて倫太郎の蹴りを躱《かわ》した。塗笠を失った辻強盗は、徳太郎の弔いの日に茶道具屋『玉秀堂』の近くで擦れ違った若い浪人だった。

「その方、何者だ」

倫太郎は厳しく誰何《すいか》した。

次の瞬間、若い浪人は身を翻して夜の暗がりに走った。

「倫太郎さん」

「はい」

鶴次郎と倫太郎は若い浪人を追った。

「旦那……」

岡っ引たちは血相を変え、倒れている風間に駆け寄った。

「しっかりして下さい旦那……」

「か、掠《かす》り傷だ。おのれ……」

風間は血の滲む脇腹を押さえ、満面に怒りを滲ませて呻《うめ》いた。

増上寺門前の往来を来た者たちが、恐怖に立ち竦《すく》んで提灯を小刻みに震わせていた。

若い浪人は、古川沿いの明地を走った。

倫太郎と鶴次郎は、若い浪人を捕らえようと追った。

若い浪人は、明地を抜けて古川の上流に架かる赤羽橋を渡り、増上寺裏の神谷町に入った。そして、若い浪人は走りながら振り返り、尾行者の有無を確かめた。倫太郎と鶴次郎は、暗がりを走って距離を詰めた。

若い浪人は、傍《かたわ》らの小さな寺の山門に駆け込んだ。

小さな寺の山門には、『秀峰山大明寺』と書かれた扁額が掲げられていた。

倫太郎と鶴次郎は、大明寺の境内《けいだい》に追って入った。境内に人影はなく、庫裏《くり》に明かりは灯《とも》ってはいなかった。倫太郎と鶴次郎は、境内から本堂の裏手に廻った。そこには庭が広がっているだけで家作などはなかった。

「鶴次郎さん……」

倫太郎は眉をひそめた。

若い浪人は、大明寺の何処かに潜んでいるのか、それとも庭伝いに籠脱《かごぬ》けをしたのか、その姿は見えなかった。

「逃げられましたね」

倫太郎は無念さを滲ませた。

「ええ。詳しい事は夜が明けてからですぜ」

鶴次郎は、懸命に己を落ち着かせようとした。

夜の暗さと静けさは、何もかもを覆い隠していた。


辻強盗は若い浪人だった。そして、倫太郎はその若い浪人と、徳太郎の弔いの日、茶道具屋『玉秀堂』の近くで擦れ違っていた。

「辻強盗が徳太郎旦那の弔いの日にね……」

鶴次郎は戸惑いを滲ませた。

「ええ。偶々《たまたま》通り掛かったのか、己が手に掛けた男の弔いだと知って通ったのか……」

倫太郎は眉をひそめた。

「もし、知って通ったらどうなりますか……」

「ひょっとしたら、辻強盗じゃあないのかも知れません」

「じゃあ、昨夜と今夜の辻強盗騒ぎは……」

「徳太郎殺しを辻強盗に見せ掛けようとする狂言、目眩《めくら》ましではないでしょうか」

「どうしてそう思うんですかい」

鶴次郎は眉をひそめた。

「風間さんを斬った一太刀、掠り傷で済んだのが気になりましてね」

「じゃあ……」

「あの一太刀、命を絶つのに充分だったはずです」

倫太郎は、厳しい面持ちで告げた。

三

神谷町の秀峰山大明寺の何処にも辻強盗は潜んでいなかった。

北町奉行所定町廻り同心・風間鉄之助と配下の岡っ引たちは、住職や小坊主、寺男に若い浪人について尋ねた。だが、若い浪人を知っている者はいなかった。

辻強盗の若い浪人は、大明寺を籠脱けして姿を眩ました。

風間たちは、神谷町一帯に辻強盗の若い浪人を探した。

汐留川に架かる新橋の袂にある船宿『柳井』の船着場には屋根船が揺れていた。

倫太郎と鶴次郎は、『柳井』を訪れて女将に芳絵の事を尋ねた。

「頭巾を被ったお内儀さんですか……」

女将は眉をひそめた。

「ええ。昨日の昼過ぎ、ここの屋根船を仕立てたはずなんですが」

「ああ。あれは頭巾を被ったお内儀さんが仕立てたんじゃあなくて、先に来た若い浪人さんが仕立てたんですよ」

「若い浪人……」

倫太郎と鶴次郎は、思わず顔を見合わせた。

「ええ……」

「その若い浪人、なんて名前ですか……」

鶴次郎が身を乗り出した。

「夏目倫太郎さまと仰《おつしや》いましたよ」

女将は事もなげに告げた。

「夏目倫太郎」

倫太郎は呆気《あつけ》に取られ、鶴次郎は素っ頓狂な声をあげた。

「あの……」

女将は眉をひそめた。

「女将さん、夏目倫太郎さまはこちらだよ」

鶴次郎は倫太郎を示した。

「こちらさまが……」

女将は戸惑った。

「ええ。夏目倫太郎は私です」

「夏目倫太郎さま……」

女将は、困惑した面持ちで倫太郎を見つめた。

「ええ。女将さん、どうやら若い浪人は、私の名を騙《かた》ったらしい……」

若い浪人は私を知っている……。

倫太郎の直感が囁いた。そして、擦れ違った時、微かな笑みを浮かべたのを思い出した。あの時、知り合いではないかと思ったのは勘違いではなかった。若い浪人は、倫太郎だと気づいて笑みを浮かべたのだ。

「女将さん、二人を乗せた屋根船の船頭さん、今いるかな」

「はい……」

　女将は頷いた。

「じゃあ、逢わせて貰おうか……」

　鶴次郎は頼んだ。


　荷船は櫓《ろ》を軋《きし》ませ、長閑に汐留川を下って行く。

「行き先ですか……」

　船宿『柳井』の船頭は、倫太郎に怪訝な眼差しを向けた。

「ええ。楓川から日本橋川に出て、それから何処に……」

「へい。箱崎から三つ俣に抜けて、大川を向島《むこうじま》まで行きましたが……」

「その間、二人の様子はどうでした」

「障子が閉められていたのでよくは分かりませんが、お内儀さんが何事かを一生懸命に訴えておりましてね。若い浪人さんは酒を飲みながら黙って聞いていましたよ」

「それからどうしました……」

鶴次郎は話の先を促した。

「はい。向島から戻りましてね。浪人さんは本所竪川《たてかわ》一つ目之橋の船着場で降りて、後はお内儀さんを乗せて柳井に戻って来ましたよ」

倫太郎の名を騙った若い浪人は、本所竪川一つ目之橋の船着場で屋根船を降り、芳絵はそのまま新橋の船宿『柳井』に戻った。

倫太郎と鶴次郎は、女将と船頭に礼を述べて船宿『柳井』を後にした。

「倫太郎さん、名を騙った若い浪人に心当たりはありませんか」

鶴次郎は、倫太郎に厳しい視線を向けた。

「あります」

倫太郎は思い出していた。

「誰です」

「芳絵には弟がいました。きっとその弟です」

「弟、名前は……」

「田村秀一郎《しゅういちろう》といったと思います」

「田村秀一郎ですか……」

「ええ。組屋敷を出て行った時は、確か六歳か七歳ぐらいでしたから、十五年経《た》った今は、二十一、二歳ですか……」

　それは、辻強盗の若い浪人の年頃と同じだった。芳絵が密かに逢った若い浪人は、情夫ではなく弟の秀一郎だった。

「分かりました。じゃあ、あっしは竪川沿いに田村秀一郎を探してみます」

　鶴次郎は意気込んだ。

「それじゃあ私は、玉秀堂に行って芳絵の動きを探ってみます」

　倫太郎と鶴次郎は二手に分かれた。

　浜松町の茶道具屋『玉秀堂』は、喪が明けて久し振りに暖簾を掲げていた。

　倫太郎は、斜向かいの古い小さな蕎麦屋の老亭主に『玉秀堂』の様子を尋ねた。

「お内儀さん、今日は朝から手代をお供に喪が明けた挨拶廻りだよ」

「今も出掛けているのかな」

「いや。さっき昼飯に戻って来たようだぜ」

「じゃあ、昼飯を食べたら、また出掛けるのかな」

「きっとな」

「そうか。ところで父っつぁん、玉秀堂にはお内儀さんの弟が出入りしていたかどうか分かるかな」

「お内儀さんの弟……」

老亭主は眉をひそめた。

「うん。若い浪人だが。どうかな……」

「さあ、見掛けた覚えはないな」

老亭主は首を捻《ひね》った。

芳絵は、弟・田村秀一郎を『玉秀堂』に出入りさせていなかったのかも知れない。

もし、田村秀一郎が辻強盗だったなら、何故《なぜ》徳太郎を斬ったのだ。そして、斬った背後には、芳絵が潜んでいるのか……。

倫太郎は思いを巡らせた。

時が流れた。

茶道具屋『玉秀堂』から芳絵が出て来た。

倫太郎は、蕎麦屋の老亭主に蕎麦代を払って尾行の仕度をした。

芳絵は番頭たち奉公人に見送られ、手代をお供に出掛けた。

倫太郎は尾行した。

芳絵は、愛宕下大名小路に江戸屋敷を構えている大名家に喪の明けた挨拶廻りをして歩いた。

芳絵は俯《うつむ》き、その足取りには喪の明けた安堵感より弔いからの疲れが滲んでいた。

倫太郎は芳絵を見守った。


大川には様々な船が行き交っていた。

鶴次郎は、両国橋を渡って本所竪川に出た。

本所竪川は中川に続き、荷船が櫓の軋みを響かせていた。

鶴次郎は、竪川に架かっている一つ目之橋近くの相生町《あいおいちょう》一丁目の自身番を訪れた。

「田村秀一郎って浪人さんですか……」

自身番の店番は眉をひそめた。

「ええ。年の頃は二十一、二歳で、痩《や》せて背の高い浪人だが、知りませんかね」

「聞いた覚えのない名前だが、平さんはどうだい」

店番は番人の平助に尋ねた。

「さあ、田村秀一郎さんねえ……」

平助も首を捻った。

「そうですか、知りませんか……」

鶴次郎は肩を落とした。だが、一つ目之橋の船着場で屋根船を降りたからといって、その界隈《かいわい》で暮らしているとは限らない。一つ目之橋の界隈の何処かに寄ったのかも知れないし、竪川を挟んだ松井町や林町に住んでいる事もある。

まだ始まったばかりだ……。

鶴次郎は気を取り直し、一つ目之橋を渡って松井町の自身番に向かった。


芝口の播磨国龍野藩脇坂家の江戸上屋敷を出た芳絵は、お供の手代を店に帰した。

そして、その顔に厳しさを滲ませ、新橋を渡って日本橋の通りを進んだ。

何故、手代を帰したのだろう……。

倫太郎は、戸惑いを覚えながら芳絵を追った。

芳絵は京橋川に架かる京橋を渡り、竹河岸《たけがし》に曲がって楓川に出た。そして、楓川に架かる弾正橋を渡って八丁堀に進んだ。

何処に行く……。

倫太郎は戸惑った。

八丁堀には、伊勢国桑名藩松平家や丹波国綾部藩九鬼家の江戸上屋敷、そして肥後国熊本藩細川家の江戸下屋敷があるぐらいで、後は町奉行所の与力・同心の御組屋敷や町方の家並みが軒を連ねているだけだ。老舗茶道具屋『玉秀堂』が出入りしているほどの旗本はいない。

芳絵は、八丁堀の通りを日本橋川に向かった。

松平家の江戸上屋敷と細川家の江戸下屋敷を通り過ぎた。その先には九鬼家の江戸上屋敷があり、薬師堂がある。

まさか……。

倫太郎は、不意に思い浮かんだ芳絵の行き先に少なからず狼狽《ろうばい》した。

芳絵は、薬師堂の手前の辻を右に曲がった。

間違いない……。

倫太郎は芳絵を追った。


大久保屋敷の表門は開いていた。

芳絵は門前に佇み、息を整えて門内に声を掛けた。

「どちらさまにございますか……」

下男の太吉が現れた。

やはり、私の処に来たんだ……。

倫太郎は戸惑った。

芳絵は、太吉に誘われて門内に入り掛けた。

「芳絵さんじゃありませんか」

倫太郎は慌てて駆け寄った。

芳絵は振り返り、微笑んだ。

「倫太郎さん……」

「やあ。どうしたんです」

「喪が明けたので、お弔いにお出で下さったお礼に……」

「そいつはわざわざ。ここじゃあ何ですから、どうぞこちらに……」

倫太郎は、芳絵を薬師堂の前の茶店に案内する事にした。

「はあ……」

芳絵は、戸惑いながらも頷いた。

「太吉、ご苦労だったな」

「は、はい……」

太吉は首を捻った。

倫太郎は、芳絵を連れて薬師堂に向かった。

「太吉……」

結衣が出て来た。

「こりゃあお嬢さま……」

「女の人の声が聞こえましたが……」

「はい。倫太郎さまのお客さまでございまして、倫太郎さまがあちらに……」

太吉は、倫太郎と芳絵が去った方を示した。

「倫太郎さんに女のお客さま……」

結衣は眉をひそめた。

薬師堂門前の茶店は、煌めく木洩れ日に包まれていた。

倫太郎と芳絵は、縁台に腰掛けて茶店娘に茶を頼んだ。

「そうですか、喪が明けましたか……」

「はい。玉秀堂も今日から店を開け、商いを始めました」

「そりゃあ良かった。でも、これからが大変ですね」

「大変でも、亡くなった旦那さまや奉公人のためにもしっかり暖簾を守らなければなりません」

芳絵は自分に言い聞かせるように云い、満ち足りた眼差しで遠くを眺めた。

芳絵は、茶道具屋の商いが好きであり、仕事をしている時が幸せなのかも知れない。

倫太郎の勘が囁いた。

「お待たせ致しました」

倫太郎と芳絵は、茶店娘が運んで来た茶を飲んだ。

風が吹き抜け、木洩れ日が揺れた。

「ところで芳絵さん、私の居所がよく分かりましたね」

「倫太郎さんが青山のお屋敷を出て、伯父上さまのお屋敷にいるのは風の噂に聞いておりましたので……」

芳絵は微笑んだ。

「そうでしたか……」

倫太郎は苦笑し、木洩れ日を眩しげに見上げた。日差しは、重なり合う緑の葉を透かして煌めいていた。

芳絵は、小さな笑い声を洩らした。

「どうかしましたか」

倫太郎は戸惑った。

「ごめんなさい。倫太郎さん、子供の頃とちっとも変わらないと思って……」

「子供の頃……」

「ええ。濡縁に腰掛けて、ぼんやり空を見上げていた時と……」

芳絵は懐かしげに笑った。

「そんな事、覚えていましたか」

倫太郎は苦笑した。

子供の頃の倫太郎は、学問や武芸に興味を持てず、濡縁に腰掛けてぼんやりと空を眺めている事が多かった。

「人は時の流れと共に変わります。でも、倫太郎さんはちっとも変わっちゃあいない……」

芳絵は微笑んだ。

倫太郎は、芳絵の微笑みに淋しさが過《よ》ぎったのを見逃さなかった。

「芳絵さんは変わりましたか……」

倫太郎は芳絵を見つめた。

「ええ。青山の屋敷を出てからいろいろあって……。変わりたくなかったけど、変わらなければ生きて来れなかった」

芳絵は、滲み出る哀しみや悔しさを懸命に押し殺していた。

「お母上は如何《いかが》されたんですか」

「組屋敷を出て五年が過ぎた頃、病で寝込んで亡くなりました」

「そうでしたか……」

芳絵の母親は、芳絵が十七歳の時に病で亡くなった。それからの芳絵は、弟の秀一郎を抱えて懸命に生きて来たのだ。

「弟の秀一郎はどうしています」

「学問や剣術の修行に励み、今は仕官の口を探しています」

芳絵は声を励ました。だが、その声に張りや艶《つや》はなかった。

「そうですか、仕官の口をね……」

「倫太郎さん、仕官は……」

「私は、とっくに諦めていますよ」

倫太郎は苦い面持ちで笑った。

「諦めた……」

「ええ。今は戯作者になるのが望みですよ」

「戯作者……」

芳絵は眉をひそめた。

「ええ。いいですよ、戯作者。義理だの身分だの、武家の掟《おきて》もしがらみもなくて。もっとも売れなければ、飯を食うのは大変ですがね」

「倫太郎さん……」

「ま、短い生涯です。貧乏でも好きな事をして生きていけるのなら、それが一番です」

倫太郎は明るく笑った。

「好きな事をして生きていく……」

芳絵は、倫太郎を困惑したように見つめた。

「ええ……」

陽は翳《かげ》り、木洩れ日の煌めきは静かに消え去った。


本所深川には様々な堀割が縦横に交錯していた。

鶴次郎は、竪川一つ目之橋界隈の自身番を訪ね歩いた。そして、東西に流れる竪川と小名木《おなぎ》川を繋いでいる六間堀沿いを進み、五軒目に北森下町の自身番を訪ねた。

北森下町は六間堀に繋がる五間堀との角にあり、弥勒寺の傍に広がる町だった。

「田村秀一郎さんですか……」

「ええ。二十歳《はたち》過ぎの浪人ですが、知りませんかねえ」

鶴次郎は、自身番に詰めていた大家や店番に尋ねた。

「さあねえ。弥勒寺橋の傍の長屋にいた田村の奥さまなら随分昔、病で亡くなったしねえ」

大家は首を捻った。

「その田村の奥さまって方はどんな……」

鶴次郎は、どんな手掛かりでも摑みたいと願っていた。

「御家人の後家さんでしてね。長屋のおかみさんや子供たちに手習いやいろんな事を教えたりして、そりゃあ良い人だったけど、お気の毒に病で亡くなりましてねえ」

「あっしも覚えていますが、本当に良い人でしたね」

番人が頷いた。

「その奥さま、子供はいませんでしたか」

「いましたよ。お店に通い奉公をしている娘さんと剣術の修行をしていた男の子が……」

〝田村の奥さま〟は、芳絵と秀一郎の母親なのだ。鶴次郎は、ようやく微かな手掛かりを摑んだ。

「その男の子、今何処にいるか分かりませんかね」

「奥さまが亡くなってから、娘さんと息子さん、長屋を出て行ったからねえ」

大家は冷えた茶を啜った。

「息子さん、何処の道場で剣術の修行をしていたんですかね」

「子供の頃は、弥勒寺の家作で暮らしている浪人の佐山郡兵衛《さやまぐんべえ》さまに手解《てほど》きをして戴いていましたよ」

店番は、大家と鶴次郎の湯呑茶碗に新しい茶を注《つ》いだ。

湯呑茶碗から湯気が立ち昇った。

「その佐山郡兵衛さま、今でも弥勒寺に……」

鶴次郎は眉をひそめ、湯気の立ち昇る茶を啜った。

「ええ。何でもご住職の昔からのお知り合いだそうでして、ずっと……」

「そういえば佐山さまの処に時々、若い浪人さんが訪ねて来ていますよ」

番人は、弥勒寺の方に視線を送った。

「今でもですか」

鶴次郎は、湯呑茶碗を手にしたまま思わず身を乗り出した。

「ええ」

番人は頷いた。

佐山の許を訪れる若い浪人は、田村秀一郎なのだ。

鶴次郎の身体に茶の温かさが一気に広がった。

弥勒寺だ……。

鶴次郎は大家たちに礼を述べ、自身番を出て弥勒寺に急いだ。

夕陽は弥勒寺の門前に続く五間堀を赤く染め始めていた。

四

萬徳山弥勒寺の境内は夕暮れ時の静けさに包まれていた。

鶴次郎は、境内を横切って裏に廻った。片隅に小さな家作があった。家作は暗く、まだ明かりは灯されていなかった。鶴次郎は植え込みの陰に潜み、家作を窺った。

家作は暗く静まり、人の気配は感じられなかった。

誰もいないのか……。

鶴次郎は眉をひそめ、家作に忍び寄った。

「何か用かな」

背後から落ち着いた声が掛けられた。

鶴次郎は驚きながらも、懐の十手を素早く握り締めて振り返った。

白髪頭の老人が、釣竿と小魚の入った魚籠《びく》を手にしていた。

「こりゃあご無礼いたしました。あっしは鶴次郎と申しますが、佐山郡兵衛さまにございますか」

鶴次郎は、息を整えて応じた。

「左様、佐山郡兵衛だが……」

佐山は苦笑し、釣竿と魚籠を濡縁に置いた。

「秀一郎ならおらぬ」

佐山は鶴次郎を振り向いた。

「えっ……」

鶴次郎は戸惑った。

「鶴次郎と申したな。その方、お上の手の者だな」

佐山は、鶴次郎に笑い掛けた。

「佐山さま……」

「懐の中で握り締めているのは十手だろう」

「はい。仰る通り、あっしはお上の御用を承っております」

「いつかは来ると思っていたが、思っていたより早かったな」

佐山は、田村秀一郎が辻強盗を働いたのを知っている。

「畏《おそ》れ入ります」

「で、秀一郎は誰を斬ったのだ」

「ご存知ないのですか……」

「うむ。人を斬ったのに気づき、問い質《ただ》したのだが、秀一郎は答えなかった」

「姉の芳絵さんの亭主、茶道具屋玉秀堂の主の徳太郎さんを殺《あや》めました」

「芳絵どのの亭主を……」

佐山は息を飲んだ。

「はい……」

「愚かな真似を……」

佐山は、眉をひそめて吐き棄《す》てた。

「佐山さま。それで田村秀一郎、今何処にいるのかご存知ですか」

佐山は、厳しい面持ちで鶴次郎を一瞥した。

「危ない真似はしない方がよい」

鶴次郎に秀一郎を捕らえられるはずはなく、斬り棄てられる……。

佐山は首を横に振った。

「佐山さま、あっしは身の程を知っております。田村秀一郎の居場所を突き止め、見張るだけです」

鶴次郎は微笑んだ。

佐山は鶴次郎を見据えた。

僅かな時が過ぎた。

「成る程。手柄はそれ程、欲しくないようだな」

「はい。あっしがお世話になっている同心の旦那は、手柄に拘《こだわ》らないお方でしてね」

鶴次郎は、北町奉行所臨時廻り同心の白縫半兵衛の顔を思い浮かべた。

「ほう。そいつは珍しい同心の旦那だな」

佐山は笑った。

「はい。それで、田村秀一郎の居場所、教えていただけますか」

「秀一郎は時々ここに来るが、いつもは赤坂御門近くの空き寺で仲間と暮らしている」

佐山は告げた。

「赤坂御門近くの空き寺……」

「左様。鶴次郎、これ以上、秀一郎が愚かな罪を重ねる前にお縄にしてくれ。この通りだ」

佐山は、鶴次郎に頭を下げて頼んだ。

「佐山さま……」

鶴次郎は、子供の頃から剣を仕込んだ秀一郎への佐山の気持ちを知った。

日本橋青物町の居酒屋『角や』は、仕事帰りの職人やお店者たちで賑わっていた。

倫太郎と鶴次郎は、『角や』で落ち合った。

「赤坂御門近くの空き寺ですか……」

倫太郎は身を乗り出した。

「ええ。仲間の浪人と一緒に暮らしているそうですよ」

鶴次郎は手酌で酒を飲んだ。

「仲間の浪人……」

「ええ。何人かは分かりませんが、明日にでも行ってみましょう」

「ええ。それにしても赤坂ですか……」

「何か……」

鶴次郎は、倫太郎に怪訝な眼差しを向けた。

「田村秀一郎は幼い頃、青山の組屋敷で暮らしていましてね」

「青山と赤坂なら、満更《まんざら》土地勘がないわけでもありませんか……」

「土地勘というより、懐かしさを持っているのかも知れません」

倫太郎は酒を飲んだ。

雨の降る日、芳絵に手を引かれて青山の組屋敷を出て行った幼い秀一郎を思い出した。

「さっ、どうぞ……」

秀一郎は、涙を溜めた幼い眼で倫太郎を一瞥していった。

「えっ……」

倫太郎は、鶴次郎が徳利を差し出しているのに気づいた。

「これはどうも……」

倫太郎は、鶴次郎の酌を受けた。

「それで、芳絵さんはどうですか」

「そいつが今日、大久保の屋敷に来ましてね。慌てましたよ」

倫太郎は苦笑した。

「お屋敷に……」

鶴次郎は眉をひそめた。

「ええ……」

「何しに来たんですか」

「弔いに行ったお礼です」

「それだけですか……」

「ええ。それから昔話を少し……」

「そうですか。芳絵さん、これからも玉秀堂を続けていくんですか」

「鶴次郎さん、芳絵さんは父娘ほど歳が離れていても、徳太郎旦那の後添えになって幸せだったのかも知れません」

「幸せだった……」

鶴次郎は困惑を浮かべた。

「ええ。茶道具屋の商い、芳絵さんが今までに携わってきた仕事で一番楽しくて、生き甲斐を感じているようです」

「生き甲斐ねえ……」

鶴次郎は、徳太郎の後添えになるまでの芳絵の暮らし振りを想像した。

お店の女中、料亭の仲居、そして囲われ者。

そうした境遇から比べれば、たとえ父娘ほど歳の離れた男の後添えでも、商いが出来るのは幸せな事なのだ。

　鶴次郎は、倫太郎の言葉に頷けた。

「成る程。だとしたら、芳絵さんは徳太郎旦那に感謝をしていましたか……」

「きっと……」

「その旦那を弟の秀一郎が斬り殺した……」

　鶴次郎は酒を啜った。

「秀一郎は姉の芳絵さんのそうした気持ちを知らず、父親のような徳太郎に無理やり縛られていると思ったのかも知れません」

　倫太郎は、秀一郎の気持ちを読んだ。

「だとしたら、姉の心、弟知らずってやつですか……」

「芳絵さんはそいつに気がついた。ですが、血を分けたたった一人の弟。町奉行所に突き出すわけにもいかない」

「芳絵さんも辛いところですね」

「楽にしてやるには、私たちが秀一郎を捕えるしかないでしょう」

倫太郎は、己の猪口に手酌で酒を満たした。

「弥勒寺にいらした佐山さまは、秀一郎のためにも早くお縄にしてやってくれと……」

鶴次郎は吐息を洩らした。

倫太郎は、猪口の酒を飲み干した。

店の若い衆の威勢の良い声が飛び交い、客の楽しげな笑い声があがった。


茶道具屋『玉秀堂』は大戸を降ろし、店の明かりも消えた。

行灯《あんどん》の明かりは小さく瞬いていた。

「結構ですよ」

芳絵は、眼を通した帳簿を老番頭の善兵衛に返した。

「はい。後は晦日《みそか》払いの掛取りにございます」

「ええ。旦那さまがおいでにならない今、みんなで力を合わせなければ……」

「左様にございます。それでは手前はこれで失礼致します」

老番頭の善兵衛は、古川に架かる金杉橋近くの家から通っていた。

「ご苦労さまでした。気をつけて……」

芳絵は老番頭の善兵衛を見送り、隣室の仏壇に明かりを灯した。

「旦那さま、お蔭さまで今日も無事に終わりました」

芳絵は、徳太郎の位牌に手を合わせた。

「お内儀さん、おときです」

女中のおときが、襖《ふすま》の向こうから芳絵を呼んだ。

「なんですか、おとき」

おときが襖を開けて居間に入って来た。

「只今、弟さんのお使いの方がお内儀さんにお手紙を持って参りました」

おときは、眉をひそめて芳絵に手紙を差し出した。

「弟……」

芳絵は微かにうろたえた。

「お内儀さん、弟さんって本当にいらっしゃるんですか」

おときは、疑いの眼をあからさまに向けた。

「えっ、ええ……」

芳絵は、奉公人たちに秀一郎の存在を告げてはいなかった。

「でしたら、いいのですが。では……」

おときは、居間から出て行った。

芳絵は手紙を開いた。秀一郎の達筆な文字が綴られていた。

芳絵は、秀一郎の手紙を読んだ。

手紙には、云われた通り江戸を出るには貰った金の他にもう五十両の金が要るので、明日午の刻九つ、赤坂氷川明神の境内にある茶店に持って来てくれと書き記されていた。

「明日午の刻九つ、赤坂氷川明神の境内の茶店にもう五十両……」

芳絵は、屋根船で秀一郎にすでに二十両の金を渡していた。だが秀一郎は、もう五十両を要求してきた。

「秀一郎……」

秀一郎は、徳太郎を憎んでいた。

徳太郎は、姉の芳絵を金で買って妾にした挙句、〝後添え〟という名の奉公人に据えて只働きをさせている。

秀一郎は徳太郎を憎み、茶道具屋『玉秀堂』を芳絵のものにしてやりたいと願った。そして、秀一郎は辻強盗に見せかけて徳太郎を斬り殺した。

私が、秀一郎に自分の正直な気持ちを云っていなかったから……。

芳絵は自分を責めた。

徳太郎を死なせ、秀一郎を人殺しにしてしまった自分を責めた。

「恨むなら、私を恨んで下さい、旦那さま……」

芳絵は、徳太郎の位牌に囁き、目尻から一滴の涙を零《こぼ》した。

灯明の明かりが瞬いた。

夜明けの溜池には小鳥の囀《さえず》りが響いていた。

倫太郎は、鶴次郎とともに溜池沿いを赤坂御門に向かった。

空き寺は、赤坂御門前の赤坂田町一丁目の片隅にあった。

倫太郎と鶴次郎は、空き寺の『竜石寺』に行く前に田町一丁目の自身番に寄った。

自身番では番人が掃除をしていた。

「竜石寺の浪人たちですかい……」

番人は眉をひそめた。

「ああ。何人いるんだい」

鶴次郎は尋ねた。

「ま。いろんな奴が出入りしていますが、いつもいるのは三人ですぜ」

「三人か……」

「ええ」

「三人の中に田村秀一郎という若い浪人がいるはずなのだが、知っていますか」

倫太郎は身を乗り出した。

「二十歳を過ぎたぐらいの奴ならいますよ」

番人は小さく笑った。

「そうですか。で、奴らはどんな風な……」

「そいつが時々、商売女を連れ込むぐらいで大した悪さもせずに暮らしていますよ」

秀一郎たち浪人は、地元では大人《おとな》しく暮らしている。

倫太郎と鶴次郎は、空き寺の『竜石寺』に向かった。

『竜石寺』と書かれた扁額は傾き、空き寺は荒れていた。

倫太郎と鶴次郎は、庫裏に忍び寄って中を窺った。

庫裏では、浪人が厚化粧の商売女の乳房を弄《もてあそ》びながら酒を飲んでいた。そして、奥から女の嬌声が洩れて来ていた。

倫太郎と鶴次郎は、庫裏の奥に廻った。

庫裏の裏手は雨戸が閉められ、雑草に囲まれていた。

倫太郎と鶴次郎は、雨戸の隙間《すきま》や節穴から座敷を覗いた。障子越しの薄暗い座敷に、絡み合う裸の男と女が切れ切れに見えた。

「秀一郎ですかね」

「さあ、分かりません。なんなら確かめてみますか」

鶴次郎は事もなげに云った。

「出来ますか……」

「きっとね……」

鶴次郎は小さく笑い、倫太郎を雑草の茂みに誘って小枝を雨戸に投げ付けた。小枝は雨戸に当たり、鋭い音を短く鳴らした。

倫太郎と鶴次郎は、茂みに潜んで見守った。

雨戸が音を立てて開き、裸の若い浪人が刀を手にして顔を出した。

倫太郎と鶴次郎は、若い浪人が田村秀一郎だと見定めた。

秀一郎は、鋭い眼差しで裏庭を見廻した。倫太郎と鶴次郎は、気配を消して見守った。秀一郎は、異状がないと見定めて雨戸を閉めた。倫太郎と鶴次郎は、息をついて『竜石寺』の山門を出た。

「いましたね、田村秀一郎……」

「ええ」

「どうします」

「今のところ、秀一郎の他に何人の浪人がいるのか分かりません。ここは焦らず、様子を窺いましょう」

「そいつがいいでしょう」

倫太郎と鶴次郎は、『竜石寺』の門前に潜んで見張り始めた。

一刻が過ぎた頃、『竜石寺』から三人の商売女が賑やかに帰って行った。そして、二人の浪人が入って行った。

「庫裏にいた浪人と秀一郎、それから今の二人。少なく見て四人ですか……」

倫太郎は、『竜石寺』にいる秀一郎たち浪人の人数を数えた。

「どうします。風間の旦那に報せますか」

鶴次郎は眉をひそめた。

「いずれは報せなければならないでしょうが、もう少し様子を見てみませんか」

「いいですよ」

倫太郎と鶴次郎は見張りを続けた。

巳《み》の刻四つ半（午前十一時）が過ぎた。

田村秀一郎が、『竜石寺』の庫裏から出て来た。

「秀一郎です」

倫太郎は物陰に身を潜めた。

秀一郎は、『竜石寺』の崩れ掛かった山門を潜って中田町に向かった。

「何処に行くんですかね」

「とにかく追ってみましょう」

倫太郎と鶴次郎は、充分に距離を取って尾行を始めた。

秀一郎は、中田町から一ツ木丁に進んだ。その足取りはのんびりとしており、尾行を警戒する様子は窺えなかった。そして、秀一郎は赤坂新町五丁目から左手の武家屋敷街に入った。

倫太郎と鶴次郎は追った。

秀一郎は、武家屋敷街から氷川明神門前町に入った。

氷川明神は、老僧が夢で見た場所から掘り出した金色の十一面観音を祀《まつ》り、雨乞いをして民を助けたことから〝氷川の明神〟と称されていた。

秀一郎は、門前町から氷川明神の境内に入った。氷川明神の境内には参拝客が行き交っていた。秀一郎は拝殿を一瞥し、境内の片隅にある茶店に入った。

倫太郎と鶴次郎は見届けた。

午の刻九つ（正午）前だった。

秀一郎は、茶店の老亭主と何事か言葉を交わして奥に入って行った。

「誰かと落ち合うのですかね」

「ええ。きっと……」

鶴次郎は、茶店を見つめたまま頷いた。

倫太郎は、厳しい面持ちで境内を見廻した。


茶店の奥の狭い座敷には、すでに芳絵が訪れていた。

「やあ、早いですね……」

秀一郎は、芳絵に笑顔を向けた。

「秀一郎……」

芳絵は、固い面持ちで秀一郎を迎え、膝《ひざ》を進めた。

「今、酒を頼みましてね」

秀一郎は、笑みを浮かべて芳絵を遮った。

芳絵は、気勢を削《そ》がれたように言葉を飲んだ。

「久し振りに武家の姿ですか……」

秀一郎は、芳絵の胸元の懐剣を示した。

「母上の形見の懐剣ですよ」

「母上の……」

秀一郎は、思わず眼を背けた。

「お待たせ致しました」

茶店の老亭主が酒と肴を持って来た。

秀一郎は、手酌で猪口を満たした。

「姉上も如何ですか……」

秀一郎は、芳絵に徳利を差し出した。

「無用です。それより秀一郎、早く江戸を出なければ、辻強盗としてお縄になりますよ」

「そうですか……」

秀一郎は、薄笑いを浮かべて酒を飲んだ。

「それより姉上、五十両、持って来てくれましたか」

「前に渡した二十両では足りませぬか」

「姉上、金は幾らあっても足りません。江戸を出て旅に出るなら尚更です」

「秀一郎、玉秀堂もこれからどうなるか分かりません。お金はこれが最後です。ですから一刻も早く江戸を出るのです」

芳絵は、袱紗《ふくさ》に包んだ五十両を秀一郎に差し出した。秀一郎は、袱紗を開けて金を確かめて懐に入れた。

「姉上、私もいろいろありましてね。容易に江戸を出るわけには参らないんですよ」

「秀一郎……」

芳絵は眉をひそめた。

「姉上、すでに玉秀堂は姉上のもの。誰に遠慮もいりますまい」

秀一郎は、狡猾《こうかつ》な笑みを浮かべた。

「秀一郎、お前……」

「姉上、今まで散々哀しく悔しい思いをしてきたんです。私たちも多少、良い思いをしても罰は当たりますまい」

秀一郎は手酌で酒を飲んだ。

「秀一郎……」

芳絵は、秀一郎が江戸を出る気がないのを知り、愕然《がくぜん》として声を震わせた。

秀一郎は、姉を哀れんで徳太郎を手に掛けたのではなく、玉秀堂の身代が目当てだったのだ。

芳絵は思い知らされた。

「姉上、邪魔をする者は私が始末しますよ」

秀一郎は酒を飲んで笑った。狡猾で醜い笑い顔だった。

芳絵は激しく打ちのめされた。

「姉上、茶道具の値など所詮、いい加減なもの。がらくたに適当な折り紙をつけて高値で売り飛ばせば大儲けです」

秀一郎は言い放ち、酒を飲み続けた。

芳絵は涙が溢れるのを感じ、震える手を胸元の懐剣に伸ばした。


倫太郎と鶴次郎は、茶店を見張り続けた。

秀一郎を訪ねて来る者はいなかった。

倫太郎は戸惑った。

「倫太郎さん……」

鶴次郎は眉をひそめた。

「ええ。待ち合わせの相手は先に来ていたのかもしれません。行ってみましょう」

倫太郎と鶴次郎は茶店に向かった。刹那、秀一郎の絶叫があがった。

倫太郎と鶴次郎は茶店に駆け込んだ。

老亭主が、奥の座敷の襖を開けて立ち竦んでいた。

倫太郎と鶴次郎は座敷を覗き込んだ。

秀一郎は、背中を血に染めて絶命していた。そして、芳絵は懐剣を握り締め、秀一郎を呆然と見つめていた。

「芳絵さん……」

倫太郎は、思わず芳絵を呼んだ。芳絵は弾《はじ》かれたように振り向くと、握り締めていた懐剣を己の心の臓に突き立てた。

「芳絵さん……」

倫太郎は、崩れ落ちる芳絵に駆け寄った。

「父っつぁん、自身番に報せて医者を呼んでくれ」

鶴次郎は、老亭主に十手を見せて頼み、秀一郎の様子を見た。老亭主は返事をし、転がるように茶店を駆け出して行った。

「しっかりしろ、しっかりするんだ、芳絵さん」

倫太郎は芳絵を抱き起こした。

「倫太郎さん、旦那さまを斬ったのは秀一郎です。玉秀堂の身代を狙い……。だから、だから私が秀一郎を……」

芳絵は、胸から血を流して苦しげに顔を歪《ゆが》めた。

秀一郎の様子を見ていた鶴次郎が、死んでいると首を横に振った。

「分かった。分かったからもう黙っているんだ。芳絵さん」

倫太郎は叫んだ。

「倫太郎さん、私は……」

芳絵は、哀しげな笑みを浮かべて眼を瞑《つぶ》った。

「芳絵さん……」

芳絵は静かに絶命した。

「芳絵さん……」

倫太郎は呆然と呟いた。

鶴次郎は、北町奉行所臨時廻り同心の白縫半兵衛の立会いで、定町廻り同心の風間鉄之助に事の次第を報告した。

「姉の芳絵は、弟の秀一郎が金目当てで徳太郎を殺めたのを哀しみ、秀一郎を我が手で裁き、自害したってところかな……」

半兵衛は事態を読んでみせた。

「まあ。そんなところですね」

風間は安心したように頷き、鶴次郎を労《ねぎら》った。

「ご苦労だったな、鶴次郎」

「はい……」

浜松町の茶道具屋『玉秀堂』の主・徳太郎殺しは落着した。

夏目倫太郎こと戯作者〝閻魔亭居候《えんまていいそうろう》〟は、徳太郎殺しを題材にした黄表紙を書き始めた。だが、筆は遅々として進まなかった。

「仕方がないじゃあない。書けばいいってもんじゃあないし、なかなか筆が進まない時もあるわよ」

結衣は、倫太郎を明るく励ました。

「そんな事は、結衣に云われるまでもなく分かっちゃあいるんだがね」

倫太郎は吐息を洩らした。

「芳絵と秀一郎か……」

倫太郎は、淋しさと哀しさと悔しさを覚えずにはいられなかった。

軒下の日陰には、小さな薄紫の花がひっそりと咲いていた。

日本橋通油町の地本問屋『鶴喜』から、戯作者〝閻魔亭居候〟の書いた黄表紙が出版される事はなかった。

# 第二話　婿養子

## 一

申《さる》の刻七つ半（午後五時）過ぎ。

「旦那さまのお帰りにございます」

大久保屋敷の玄関に下男の太吉の声が響いた。

妻の加代《かよ》と娘の結衣は、屋敷の式台に出迎えに現れた。

「お帰りなさいませ」

加代と結衣は、手をついて忠左衛門を迎えた。

「うむ。今戻った」

忠左衛門は、刀を加代に渡して式台に上がった。

「結衣、倫太郎は如何致した」

「只今、只今。お出迎えが遅れ、申し訳ございませぬ」

倫太郎が屋敷の奥から駆け付けた。

「いたか倫太郎、儂の部屋に参れ」

「は、はい」

倫太郎は戸惑った。

「結衣、茶を持って来てくれ」

「畏《かしこ》まりました」

忠左衛門は、刀を袖で持った加代を従えて自室に向かった。

「結衣、伯父上は俺に何の用だ」

倫太郎は、戸惑いを結衣に向けた。

「知らないわよ。何かやったんじゃあないの」

結衣は、茶を淹《い》れに台所に向かった。

「どうした、倫太郎」

忠左衛門の甲高《かんだか》い声が奥から響いた。

「はい。只今、只今参ります」

倫太郎は、訳が分からないままに忠左衛門の部屋に急いだ。

忠左衛門は加代の介添えで着替え、床の間を背にして座った。

倫太郎は身を固くし、忠左衛門の言葉を待った。

「どうぞ……」

結衣が、忠左衛門と倫太郎に茶を差し出した。忠左衛門は、茶を啜って吐息を洩らした。加代と結衣は、傍らに控えて忠左衛門の話を黙って待った。

「あの……」

倫太郎は、沈黙に耐えられなかった。

「倫太郎……」

忠左衛門は、細い首を筋張らせて倫太郎を遮った。

「はい」

「百五十石取りの御家人に大岡清兵衛《おおおかせいべえ》どのと仰る方がいてな。倫太郎、お前を一人娘の婿にと申されて来た」

「婿……」

倫太郎は驚いた。

「倫太郎さんがお見合い……」

結衣は素っ頓狂な声をあげた。

「結衣」

加代が慌てて窘《たしな》め、忠左衛門が厳しく一瞥した。結衣は、小さく舌を出して俯いた。

「伯父上、その大岡さまのお嬢さん、どのような方ですか……」

倫太郎は眉をひそめた。

「それなのだが、美保《みほ》どのと申されてな。今年二十九歳になるそうだ」

忠左衛門は白髪眉をひそめた。

「二十九……」

倫太郎は思わず洩らした。

四歳年上……。

結衣は、俯いたまま小刻みに肩を揺らした。

忠左衛門と加代が結衣を睨んだ。

「失礼致します」

結衣は零れる笑いを隠し、座敷を飛び出して行った。倫太郎は恨めしげに見送った。

「どうだ、倫太郎」

「はあ……」

倫太郎は返事のしようもなかった。

「お前さま。その美保さま、何故に今まで婿を取らずにいたんですか」

加代は眉をひそめた。

「そのような事、儂が知るか」

「では何故、倫太郎さんを婿養子に……」

加代は首を捻った。

「それも知るものか。倫太郎、これが大岡どのの娘御の釣書だ」

忠左衛門は、苛立《いらだ》たしげに白髪頭を振り立て、美保の釣書を差し出した。

「はあ……」

「倫太郎、いろいろ不服はあろうが、御家人の部屋住みには願ってもない話。篤《とく》と考えるがよい」

忠左衛門の云う通り、御家人の部屋住みに縁談を選ぶ余裕などない。

「心得ました」

倫太郎は、美保の釣書を手に取って眺めた。


日本橋青物町の居酒屋『角や』は、常連客たちで賑わっていた。

「へえ。婿養子の口とはめでたい……」

鶴次郎は酒を飲んだ。

「そいつが鶴次郎さん、四歳年上で出戻りでもない、行かず後家となりますとねえ」

倫太郎は、手酌で酒を飲んだ。

「四つ年上なんですか……」

鶴次郎は眉をひそめた。

「ええ。二十九歳だそうですよ」

「それはそれは……」

鶴次郎は、込み上げる笑いを酒の満ちた猪口で隠した。倫太郎は、吐息混じりに酒を啜った。

「それで、どうするんですか」

「私は御家人の身分や扶持米《ふちまい》など、どうだっていいのですが、実家の両親や伯父の事を考えると、どうしたらいいものやら……」

倫太郎は困惑を滲ませた。

「とりあえず、見合いだけでもしてみたらどうです」

鶴次郎には倫太郎の立場がよく分かった。

「ですが……」

見合いをして相手に妙な期待をさせてもならない……。

倫太郎は迷い躊躇《ためら》った。

「なんならあっしが探ってみましょうか。相手の家とお嬢さまの人柄……」

鶴次郎は身を乗り出した。

「いいえ、それには及びません。自分で探ってみます」

倫太郎は、鶴次郎の猪口に酒を満たして手酌で飲んだ。

御家人・大岡清兵衛は、百五十石取りの小普請組であり、下谷《したや》練塀小路《ねりべいこうじ》の組屋敷で妻と娘の美保の三人で暮らしていた。

倫太郎は、日本橋川に架かる江戸橋を渡り、神田川に架かる和泉橋に向かった。

そして、和泉橋を渡って下谷練塀小路に入った。

練塀小路の左右には小旗本や御家人の組屋敷が並び、大岡屋敷はその一角にあった。

大岡屋敷は庭の植木の手入れも良く、落ち着いた雰囲気を漂わせていた。

倫太郎は、一帯の屋敷に出入りしている行商人や棒手振《ぼてふ》りに聞き込みを掛けた。

「大岡さまにございますか……」

酒屋の御用聞きは眉をひそめた。

「ええ。どんな人ですか」

「どんなって、さあ……」

御用聞きは首を捻った。

如何に小禄でも、酒屋の御用聞きと親しく口をきく御家人は余りいない。

「じゃあ娘さんはどうですか」

「はあ。お嬢さまは、穏やかで優しいお人柄で、手前どもにも気さくに声をお掛け下さいます」

美保は、御家人の娘の身分をひけらかさず、ごく普通の娘のようだ。

「そうですか……」

出入りの商人たちへの聞き込みは、余り効果はなかった。

倫太郎は、大岡屋敷の木戸門が見通せる処に潜んで様子を窺った。

四半刻（三十分）が過ぎた頃、大岡屋敷から女の声が聞こえた。

「それでは母上、行って参ります」

女は風呂敷包みを抱え、屋敷の中に声を掛けて木戸から出て来た。

大岡美保……。

大岡屋敷に住んでいる女は、清兵衛の老妻と一人娘の美保の二人だけだ。屋敷から現れた女は大岡美保に違いなかった。

組屋敷を出た美保は、小走りに下谷広小路に向かった。

何処に行くのだ……。

倫太郎は追った。

美保は、急ぎ足で下谷広小路に向かった。

色白で面長《おもなが》な美保は、五体の何処にも不都合な事は窺えず、心の病に侵されている様子でもない。それなのに二十九歳になる今日まで嫁にも行かず、婿を取らなかったのは何故なのだろう。

倫太郎は、様々な思いを巡らせながら美保を尾行した。

美保は、急ぎ足で下谷広小路に行き、呉服屋に入った。そして、呉服屋の番頭に風呂敷包みから仕立て上げた着物を出して見せた。番頭は、美保に笑顔を向けて手間賃を懐紙に包んで渡した。美保は手間賃を懐に入れ、番頭に挨拶をして呉服屋を出た。

美保は、呉服屋の仕立物の内職をしていた。

小普請組の御家人の女房や娘にはよくある事だ。

倫太郎は美保を追った。

美保は、弾む足取りで下谷広小路を横切り、不忍池《しのばずのいけ》の畔《ほとり》に急いだ。

不忍池には水鳥が遊び、幾つもの波紋が広がっていた。
美保は池の畔を小走りに進んだ。そして、池の畔にあった茶店に入った。
羽織袴《はかま》の武士が縁台に腰掛け、池を眺めながら茶を啜っていた。
美保は、茶店の老婆に茶を頼んで武士の隣に腰掛けた。
遊ぶ水鳥があげる水飛沫《みずしぶき》は、日差しに煌めいた。
武士と美保は、僅かに目礼して茶を飲みながら池を眩しげに眺めた。

武士は何者なのだろう……。
美保との仲は……。
いずれにしろ美保には男がいた……。
倫太郎は、何となく安堵《あんど》した。
二十九歳の女が、男とまったく縁がない方が妙なのだ。
倫太郎は、美保と武士を見守った。

美保と武士は、交わす言葉も少なく池を眺めながら茶を啜っていた。その二人の姿は、所帯を持って数年が過ぎた夫婦のようだった。

僅かな時が流れた。

美保と武士は茶店を出た。その時、互いの手にそっと触れ合ったのを、倫太郎は見逃さなかった。

茶店を出た美保は、武士に頭を下げて池の畔を下谷広小路に戻った。

武士は、愛《いと》しげに美保を見送った。

倫太郎は、木立の陰に潜んで二人を見守った。

おそらく美保は、買物でもして練塀小路の組屋敷に帰る。

倫太郎は、美保を見送る羽織袴の武士を尾行する事にした。

羽織袴の武士は、茶店の老婆に茶代を払って不忍池の畔を下谷広小路に向かった。

倫太郎は慎重に尾行した。

武士は下谷広小路を横切り、不忍池から流れている堀割沿いの組屋敷街に入った。

まさか、大岡家の近くの屋敷に住んでいるのか……。

倫太郎は武士を追った。

武士は、大岡家の屋敷のある練塀小路を横切り、隣の御徒町《おかちまち》の通りを神田川に向かって進んだ。

下谷練塀小路と御徒町の通りは、明神下の通りや御成街道と並んで神田川から下谷に抜けている。羽織袴の武士は、美保の暮らす練塀小路の隣の御徒町の通りを進んだ。そして、伊勢国津藩藤堂家の江戸上屋敷の裏手に並ぶ組屋敷の木戸門を潜った。

倫太郎は見届けた。そして、藤堂家江戸上屋敷から出て来た中間《ちゅうげん》を呼び止め、武士の入った組屋敷の主の名を尋ねた。

「さあ、何と仰いましたか、確か……」

中間は首を捻った。

「思い出してくれないかな」

倫太郎は、中間に素早く小粒を握らせた。小粒は中間の記憶をすぐに蘇《よみがえ》らせた。

「ああ、確か榎本竜之介《えのもとりゅうのすけ》さまと仰いまして、評定所のお役人ですよ」

評定所の役人の榎本竜之介……。

倫太郎は榎本家を窺った。

榎本屋敷からは、幼い子供の賑やかな声と赤ん坊の泣き声が響いて来た。

榎本竜之介には女房子供がいた。

不義……。

榎本竜之介は、大岡美保を相手に不義を働いている。それも、練塀小路と御徒町の通りの目と鼻の先に暮らしながらの不義なのだ。

倫太郎は困惑した。


「不義……」

鶴次郎は、思わず口に含んだ酒を噴き出しそうになった。

「鶴次郎さん」

倫太郎は、慌てて鶴次郎を制した。鶴次郎は、辛うじて酒を飲み込んで息を整えた。

「いやあ、申し訳ありません。それにしても不義とは驚きましたね」

「まったくです……」

倫太郎は手酌で酒を飲んだ。

「相手は、榎本竜之介さまと仰る評定所のお役人ですか」

「ええ……」

「美保さまはそれで行き遅れたのですかね」

「だとしたら、かなり昔からの仲って事になりますね」

「榎本竜之介とはどのような方か、探ってみますか」

鶴次郎は酒を啜った。

「いいえ」

倫太郎は首を横に振った。

「不義は美保さんと榎本どのの話、私には関わりのない事ですから……」

「じゃあ……」

「婿養子の話は断りますよ」

倫太郎は苦笑した。

「そいつがいいようですね」

鶴次郎は、倫太郎の猪口に酒を満たした。

「ええ……」

倫太郎は、鶴次郎に酒を酌した。

「こいつは畏れ入ります。それにしても美保さまと榎本さま、これからどうなるんですかね」

「さあ、どうなりますか……」

「無事に済むといいんですがね」

「そうですね……」

倫太郎は頷いた。だが、同時に湧き上がる不吉な予感に少なからずうろたえていた。

不吉な予感……。

日本橋青物町の居酒屋『角や』の夜は賑やかに更けていった。

## 二

大久保忠左衛門は、筋張った首筋を伸ばしてうがいをし、井戸端での洗顔を終えた。

「お早うございます。伯父上」

倫太郎が濡縁に正座をしていた。

「おう、倫太郎ではないか。今朝は身体の具合でも悪いのか」

忠左衛門は、いつもとは違って朝早く起きている倫太郎に驚いた。

「いいえ。お話ししたい事があって早々にお伺い致しました」

「お話……」

「はい」

「婿養子の件か……」

「左様にございます」

「よし、儂の部屋に参れ」

忠左衛門は白髪眉をひそめ、自分の部屋に来るように促した。

倫太郎は、大岡美保の釣書を忠左衛門に差し出した。

「これをお返し致します」

「返すと申すは、大岡家の婿養子話、断ると申すのだな」

忠左衛門は、倫太郎に厳しい一瞥を与えた。

「はい。折角のお話にございますが、お断り致します」

「断る理由はなんだ」

「それは申せませぬ」

倫太郎は、怒鳴られるのを覚悟で告げた。

「申せぬだと……」

忠左衛門は、白髪眉を吊り上げた。

「はい」

「大岡美保どの、調べたのか……」

「私なりに……」

倫太郎は、忠左衛門を見つめて頷いた。

「調べた上で断り、理由は云えぬと申すか……」

「はい。お許しを……」

倫太郎は頷いた。

「よし、分かった。後は儂に任せておけ」

「よろしくお願い致します」

倫太郎は、簡単に頷いた忠左衛門に慌てて手をついた。

「うむ……」

忠左衛門は茶を啜った。

倫太郎は、穏やかな忠左衛門に拍子抜けした。


忠左衛門は朝餉《あさげ》を済ませ、下男の太吉をお供に北町奉行所に出仕した。

倫太郎は、気抜けしたように濡縁に座り込んだ。

「どうしたのよ」

結衣が眉をひそめた。

「それがな結衣。婿養子の話、伯父上に断ったのだが……」

「婿養子の話、お断りしたのですか」

結衣は、僅かに声を弾ませた。

「うん。そうしたら伯父上、何故か不気味なほど穏やかに得心してくれてな」

倫太郎は首を捻った。

「良かったじゃありませんか」

「まあな……」

倫太郎は、伯父の忠左衛門の穏やかさに戸惑い、困惑していた。

「結衣、伯父上が得心してくれたのに、何か心当たりはないか……」

「さあ……」

結衣に心当たりはなかった。だが、倫太郎が婿養子話を断り、忠左衛門がそれを得心したのが何故か嬉しく思えた。

「ないか……」

倫太郎は肩を落とした。

「いいじゃあないの、無事に終わったんだから」

結衣は笑った。

「そうか。いいか……」

婿養子の話は終わった。

「よし、二度寝だ……」

倫太郎は、濡縁に立ち上がって大欠伸《おおあくび》をし、万年蒲団に潜り込んだ。

廊下を足早に来る足音が響いた。

拙い、伯父上だ……。

倫太郎は、夢うつつにそう思って身を起こそうとした。倫太郎は焦った。焦りは何故か身体を大きく揺り動かした。

「倫太郎さん……」

倫太郎は眼を覚ました。

眼の前に結衣がいた。

「なんだ、結衣か……」

「なんだじゃありませんよ。鶴次郎さんがお見えですよ。血相を変えて……」

「鶴次郎さんが……」

「庭先に廻って貰いますか」

「いや。俺が行く」

倫太郎は、庭に降りて玄関先に急いだ。

鶴次郎は玄関先で待っていた。

「鶴次郎さん、どうかしましたか……」

庭に続く木戸から倫太郎が出て来た。

「倫太郎さん。昨夜、御徒町の御家人、榎本庄兵衛《しょうべえ》さまが斬り殺されたそうですぜ」

鶴次郎は眉をひそめた。

「榎本庄兵衛……」

倫太郎は戸惑いを浮かべた。

「例の榎本竜之介さんの舅《しゅうと》です」

「舅……」

「ええ。竜之介さん、榎本庄兵衛さまの娘の婿でしてね」

「じゃあ、竜之介さんは榎本家の婿養子だったのですか……」

倫太郎は眉をひそめた。

「ええ……」

竜之介は、榎本家の娘の入り婿となって家督を継ぎ、評定所の役目に就いていた。

「庄兵衛さま、ご自分の部屋で斬り殺されているのを、今朝早く娘さん、つまり竜之介さんのお内儀が見つけたそうです」

「竜之介さんは……」

「そいつが行方《ゆくえ》知れずです」

「じゃあ、まさか……」

倫太郎は緊張した。

「半兵衛の旦那の睨みじゃあ、竜之介が舅の庄兵衛さんを斬って逐電《ちくでん》したと……」

「逐電……」

「それで、事件は御家人の親殺し、町奉行所の支配違いでお目付の扱い。半兵衛の旦那やあっしたちに出る幕はもうありません」

「そうですか……」

御家人の榎本庄兵衛斬殺事件は、すでに目付の扱いとなっている。月番の北町奉行所とは関わりがない。

「それにしても倫太郎さん。竜之介さん、どうして舅の庄兵衛さまを斬ったんですかね」

鶴次郎は、倫太郎に探る眼差しを向けた。

「ひょっとしたら、竜之介さんと美保さんの不義が絡んでいますか……」

倫太郎は睨んでみせた。

「ええ。違いますかね」

鶴次郎はそう言って頷いた。

「じゃあ、美保さんの家に行ってみますか」

「そうこなくっちゃあ……」

鶴次郎は小さく笑った。


神田川は日差しに煌めいていた。

倫太郎と鶴次郎は、練塀小路の大岡屋敷に行く前に、御徒町の通りにある榎本屋敷に廻る事にした。

御徒町の通りは緊張感が漂っていた。

伊勢国津藩江戸上屋敷は人数を出し、組屋敷からも人が出て一帯の警戒に就いていた。

倫太郎と鶴次郎は榎本屋敷を窺った。

榎本屋敷は閉門とされ、徒目付《かち》によって固められていた。

倫太郎と鶴次郎は、津藩江戸屋敷裏門の傍から榎本屋敷を見守った。

榎本屋敷は暗く沈み、赤ん坊の泣き声が響いていた。

実の父親を夫に斬り殺された女の哀しみと絶望を量る道具はない。

倫太郎は、竜之介のお内儀に同情せずにはいられなかった。

津藩江戸上屋敷の裏門から箒《ほうき》と塵取《ちりと》りを持った中間が出て来た。

「やあ……」

倫太郎は、榎本家の様子を聞いた津藩の中間が運良く現れたのを喜んだ。

「こりゃあ旦那……」

中間は、慌てて辺りを見廻した。辺りに津藩江戸上屋敷の者たちはいなかった。

「大騒ぎだったようだな」

倫太郎は小さく笑った。

「もう朝から大変でしたよ」

「じゃあ今晩、こいつで一杯やるんだね」

鶴次郎は、中間に素早く小粒を握らせた。

「こいつはどうも……」

中間は鶴次郎に腰を屈《かが》めた。

「これだけ固めているってのは、榎本竜之介さんの行方、まだ分からないんだね」

倫太郎は尋ねた。

「ええ。何処に隠れたのか、行方は皆目分からないそうですぜ」

「榎本さん、婿養子だそうだが、殺された舅の庄兵衛さんとはどんな風だった」

「どんな風だったかはよく分かりませんが、舅の庄兵衛さまは、頑固で口煩い方でしてね。よく娘さんや孫を怒鳴っていましたから、ありゃあ婿さんとも上手《うま》くいくはずはありませんぜ」

「庄兵衛さま、そんなに頑固で口煩い方だったのかい」

鶴次郎は眉をひそめた。

「ええ。それに執念深く尾行廻《つけまわ》して、何か落ち度がないか調べたりしたそうですぜ」

「尾行廻す……」

倫太郎は何故だというように眉をひそめた。

「榎本竜之介さまの実家、どちらか知っているかい」

「そいつが今日知ったのですが、本所は南割下水に住んでいる菱田準一郎《ひしだじゅんいちろう》って御家人が兄上で実家だと聞きましたぜ」

「本所南割下水の菱田準一郎さまですかい」

「ええ。そう聞きました」

中間は頷いた。

「どうします」

鶴次郎は倫太郎に尋ねた。

「おそらくここには戻らないでしょう。私は美保さんの処に行ってみます」

「じゃあ、とりあえずあっしも……」

倫太郎と鶴次郎は、練塀小路の大岡屋敷に向かった。

練塀小路はいつもより人通りが多かった。それは、警備の厳しい御徒町の通りを嫌った人が廻ったからだった。

大岡屋敷は門を閉ざし、静まり返っていた。

倫太郎と鶴次郎は、大岡屋敷の様子を窺った。大岡屋敷の周辺には、竜之介の痕跡は勿論、変わった様子はなかった。

「変わった様子、ありませんね」

「ええ……」

榎本竜之介は、舅の庄兵衛を斬って逐電した時、美保に逢ったか何らかの連絡を取ったはずだ。だとしたら美保は激しく動揺し、屋敷の様子や雰囲気にも変化が現れる。

倫太郎と鶴次郎は、そう思いながら大岡屋敷を窺った。

大岡屋敷の様子は、見た限り変わったところはない。しかし、竜之介が舅の榎本庄兵衛を斬り殺した事は、美保もすでに知っているはずだ。美保は、屋敷の中で息を殺して身を潜め、動く時を待っているのかも知れない。

「それとも、美保さまはとっくにいないんじゃあ……」

鶴次郎は懸念を滲ませた。

「かも知れませんが、屋敷に忍び込むわけにもいきません。しばらく見張るしかありますまい」

倫太郎は覚悟を決めた。

「分かりました。じゃあ、あっしは本所南割下水に行き、竜之介さんが実家に現れたかどうか調べて来ます」

鶴次郎は、緋牡丹の派手な図柄の半纏を翻して駆け去った。

倫太郎は、物陰に潜んで大岡屋敷の見張りを始めた。


大川に架かる吾妻橋《あづま》は浅草と本所を結び、行き交う人で賑わっていた。

鶴次郎は吾妻橋を渡り、本所に入って竪川に向かった。

本所割下水は竪川の北側にあり、小旗本や御家人の組屋敷が連なる北割下水と南割下水があった。

鶴次郎は、北割下水から南割下水に急いだ。

南割下水沿いには陸奥《むつ》国弘前《ひろさき》藩津軽家江戸上屋敷があり、竜之介の実家である菱田屋敷はその裏手にあった。

菱田家の主の準一郎は、百五十石取りの小普請組の御家人で竜之介の長兄だった。

鶴次郎は菱田屋敷を窺った。

菱田屋敷には二人の武士が張り付いていた。

竜之介が現れるのを待ち構えている徒目付だ……。

徒目付が見張っている限り、竜之介は実家の菱田屋敷に戻ってはいないし、捕えられてもいないのだ。

鶴次郎は、菱田屋敷と婿養子に行くまでの竜之介の評判を聞き込み始めた。


練塀小路の大岡屋敷は静まり返っていた。

倫太郎は見張り続けた。

竜之介が舅の庄兵衛を斬ったのは、婿養子だった事が関わりあるのか……。

竜之介は、何処に逃走して何をしようとしているのか……。

倫太郎は思いを巡らせた。

榎本家に入り婿した竜之介は、舅の庄兵衛に仕えて一男一女を儲けた。婿養子としての役目は、嫡男を儲けた事で立派に果たしたといえる。だが、婿養子としての役目がそれだけだとしたら、余りにも淋しく虚しいものでしかない。

婿養子……。

入り婿や養子の口のある部屋住みは、幸せだと思われている。だが、皆がみな決してそうだとはいえないのかも知れない。

倫太郎は、入り婿や養子になった部屋住みの行く末に思いを馳せた。

大岡屋敷の木戸が開き、美保が足音を忍ばせて出て来た。

倫太郎は緊張した。

美保は屋敷を窺い、音を忍ばせて木戸を閉めて小走りに下谷広小路に向かった。

両親に内緒で出掛ける……。

倫太郎は追った。

美保は、竜之介が潜んでいる処に行くのかも知れない……。

倫太郎は、美保を慎重に追った。

美保は下谷広小路を抜け、不忍池の畔に急いだ。

不忍池は光り輝いていた。

美保は、不忍池の畔を進んだ。そして、池の畔の茶店に入った。そこは、竜之介と茶を飲んだ茶店だった。

美保は茶店に入り、老婆に声を掛けた。茶店の老婆は、美保に気がついて駆け寄った。そして、胸元から結び文を出して美保に渡した。美保は縁台に腰掛け、震える指先で結び文を開いた。

竜之介からの結び文だ……。

倫太郎の直感が囁いた。

竜之介と美保は、不忍池の畔の茶店を繋ぎの場所にしているのだ。

美保は結び文を読み終え、哀しげに不忍池を眺めた。

不忍池は眩しいほどに光り輝いていた。

哀しげに眺める美保の頬が僅かに光り輝いた。

涙……。

美保は泣いている。

倫太郎は見守った。

茶店の老婆は美保に茶を運んだ。美保は、老婆に礼を云って心付けを渡した。そして、茶も飲まずに茶店を出た。

倫太郎は、木立の陰から出て美保を追った。

美保は、重い足取りで来た道を戻った。

竜之介は、美保に何を云ってきたのだ……。

倫太郎は追った。

美保は、下谷広小路を横切って練塀小路の組屋敷に戻った。

倫太郎は、大岡屋敷が見通せる路地に潜もうとした。だが、路地には塗笠を被った武士が佇んでいた。

徒目付の配下……。

倫太郎は気付き、素早く物陰に身を潜めた。

竜之介を追っている目付が、美保の存在に気がついたのだ。

拙い……。

倫太郎は唐突にそう思い、徒目付の配下の様子を窺った。徒目付の配下は、美保が屋敷に戻ったのを見届けて路地から立ち去った。

倫太郎は、思わず安堵の吐息を洩らした。そして、安堵した己に気付き、戸惑い混乱した。

陽は西に傾き始め、長い一日が終わり始めた。

三

組屋敷に住む御家人は、扶持米だけでは日々の暮らしが厳しく、内職に励む者が多かった。そして、中には組屋敷の敷地内に家作を建てて町医者などに貸す者もいた。

倫太郎は、大岡屋敷の斜向かいの組屋敷の家作が空き家だと知り、数日間の借用を頼んだ。家主の御家人は、倫太郎が差し出した一朱金を握り、三日間の借用を許してくれた。

倫太郎は、練塀小路近くの下谷同朋町《どうぼうちょう》に走った。そして、酒を買い、飯屋で握り飯と煮物などを仕入れて借家に戻った。

夕陽はすでに沈み、空は青黒い夕闇に覆われていた。

「倫太郎さん……」

大岡屋敷近くの路地に鶴次郎がいた。

「ああ、鶴次郎さん、ちょうど良かった。こっちです」

倫太郎は、鶴次郎を大岡屋敷の斜向かいの借家に案内した。


久し振りに灯された燭台の火は落ち着きなく瞬いた。

鶴次郎は、格子窓から大岡屋敷を見張った。

倫太郎は、買って来た酒と握り飯などを仕度した。

「鶴次郎さん、俺が見張ります。先に食べて下さい」

「いえ。倫太郎さんからどうぞ」

「そうですか、じゃあお先に……」

倫太郎は、酒を飲みながら握り飯を食べ、美保と竜之介が繋ぎを取り、目付が動き出した事を告げた。

「そうですか……」

「鶴次郎さん、交代しましょう」

倫太郎は酒の入った湯呑茶碗を手にし、鶴次郎と交代して窓辺に寄った。

「じゃあ……」

鶴次郎は窓辺を離れ、湯呑茶碗に酒を満たして啜った。

「ああ、美味《うめ》え……」

「それで如何でした。割下水は……」

「竜之介さんは、菱田家の三男坊でしてね。長男が菱田家を継ぎ、次男は子供の頃に遠い親類の家の養子に貰われ、三男の竜之介さんは長い間、部屋住みとして暮らしていたそうです」

「なんだか、私と似ていますね」

倫太郎は、淋しげな笑みを浮かべた。

「そして、長男が奥方を迎えて男の子が生まれた時、菱田家を出て絵師になろうとしたそうです。ですが、榎本家から婿養子の口が掛かり、長男の指図で婿入りしたそうですよ」

鶴次郎は、煮物を肴に酒を啜った。

「じゃあ、竜之介さんは榎本家の婿養子、余り乗り気じゃあなかったのですか」

「きっと……」

鶴次郎は頷いた。

「竜之介さん、子供の頃から絵が上手く、江戸の名所を巡り歩いては絵を描いていたそうでしてね」

「絵師ですか……」

「ええ……」

「どんな絵を描いていたんですかね」

「江戸の名所や風景、それに花や鳥の絵が多かったようですよ」

「穏やかな人柄のようですね」

「ええ。竜之介さんを昔から知っている人は皆そう云っていますよ」

「そうですか……」

竜之介は、絵の好きな穏やかな人柄の部屋住みだった。

「ま。榎本家の婿養子にならず絵師になっていれば、舅殺しのような馬鹿な真似はせずに済んだはずです」

鶴次郎は、哀れむように湯呑茶碗の酒を飲んだ。

「ええ……」

絵師になっていれば……。

倫太郎は、夜の闇にひっそりと建つ大岡屋敷を見つめた。

おそらく美保は、落ち着かない夜を過ごしているのだろう。

竜之介と美保は、いつ何処で知り合ったのか……。

倫太郎は夜の闇を見つめた。

人影が夜の闇を微かに揺らした。

「鶴次郎さん……」

「どうかしましたか……」

鶴次郎は、倫太郎のいる窓辺に寄った。

「目付の配下です」

倫太郎は、暗がりに潜む笠を被った人影を示した。

「美保さまを泳がせて竜之介さんを捕らえようって魂胆ですか……」

「ええ、私たちと同じですよ」

倫太郎は、己を嘲《あざけ》るように笑みを浮かべた。

「倫太郎さん、やり方は同じでも狙いは違うはずです」

鶴次郎は、倫太郎の腹の内を鋭く読んでいた。

「鶴次郎さん……」

倫太郎は、鶴次郎の読みの鋭さに微かな動揺を覚えた。

「この一件、倫太郎さんらしく始末して下さい」

鶴次郎は小さく笑った。

「はい……」

倫太郎は頷いた。

燭台の火は揺れ、小さく音を鳴らした。


夜明けが近づいた。

大岡屋敷を覆っていた夜の闇は薄れ始めた。

倫太郎は、燭台の火を吹き消して大岡屋敷を見守った。

大岡屋敷の木戸が開いた。

「鶴次郎さん……」

倫太郎は、寝ていた鶴次郎を起こした。

「動きましたか……」

鶴次郎は、素早く窓辺に寄った。

大岡屋敷の木戸から美保が現れ、練塀小路の通りを警戒するように見廻した。

「倫太郎さん……」

鶴次郎は促した。

「はい」

鶴次郎と倫太郎は借家を出た。

美保は音を立てずに木戸を閉め、屋敷に深々と頭を下げて練塀小路から浅草に向かった。

「行き先は竜之介さんの処ですかね」

「ええ。きっと昨日の結び文に書いてあったんでしょう」

鶴次郎は睨んだ。

「目付の配下、どうします」

倫太郎は眉をひそめた。

「撒きましょう」

鶴次郎は事もなげに言い放った。

美保は、足早に御徒町の通りを横切って浅草の方に急いでいた。

塗笠を被った目付の配下が、物陰沿いに美保を追っていた。倫太郎と鶴次郎は、二人の背中を見据えて続いた。

美保は、下谷の武家屋敷街を抜けて寺町に入った。寺町を過ぎると浅草阿部川町だ。早朝の往来には、早出の職人や人足たちが忙しく行き交っていた。

「鶴次郎さん……」

「ええ、あっしが奴の気を引き付けます」

鶴次郎は、歩きながら緋牡丹の絵柄の半纏を裏に返して濃紺にし、手拭《てぬぐい》で頬被りをした。

「倫太郎さんは、この先の路地に先廻りして下さい」

「心得た」

倫太郎は、路地伝いに走った。

鶴次郎は、足を速めて目付の配下を追った。そして、目付の配下を追い抜き、美保の背後に迫った。

倫太郎は、先廻りをして路地の出口に潜んだ。

鶴次郎は美保を呼び止めた。美保は驚いたように振り向いた。

「目付の配下が尾行《つ》ていますぜ」

鶴次郎は美保に囁き、塗笠を被った目付の配下を一瞥した。美保は、驚いたように鶴次郎の視線を追った。目付の配下は、咄嗟に物陰に隠れた。

「今の内に……」

鶴次郎は美保に路地を示した。

路地には倫太郎がいた。

「竜之介さんを捕まえるつもりだ。早く……」

倫太郎は促した。

美保は混乱し、慌てて路地に入った。倫太郎は、美保を連れて路地の奥に走った。

鶴次郎は、目付の配下に笑い掛け、神田川に急いだ。物陰から現れた目付の配下は、路地に駆け寄った。だが、倫太郎と美保の姿は、すでに路地から消えていた。

目付けの配下は鶴次郎を追うしかなかった。

倫太郎と美保は路地を抜け、浅草寺《せんそうじ》の裏から流れる新堀川に架かるこしや橋に出た。

「何処に行くんですか……」

倫太郎は、立ち止まって美保に尋ねた。

「貴方《あなた》は……」

美保は、弾む息を整えながら倫太郎を見つめた。

「私は夏目倫太郎。御家人の三男坊、部屋住みです」

「夏目さま……」

美保は戸惑いを浮かべた。

「ええ、倫太郎です」

「まさか……」

美保は息を飲み、眼を丸くした。

「美保さんの婿養子にどうかと誘われた者です」

倫太郎は微笑んだ。

「夏目倫太郎さま……」

美保は、倫太郎の名を知っていた。それは、倫太郎との縁談を知っている事になる。

「ええ……」

「夏目さまが何故……」

美保は激しく混乱した。

二間ほどの幅の新堀川の流れは昇る朝陽に煌めいていた。


鶴次郎は路地に入り、素早く半纏を裏に返し、着物の尻端折りを降ろして手拭の頬被りを取った。そして、鼻歌混じりに路地を戻った。塗笠を被った目付の配下は、鶴次郎に気付かずに擦れ違って路地に入った。鶴次郎は、目付の配下を見事に撒いて柳橋《やなぎばし》の船宿『笹舟』に走った。

柳橋の船宿『笹舟』は、岡っ引の弥平次《やへいじ》と女房のおまきが営んでおり、鶴次郎は懇意にしていた。

船宿『笹舟』の船着場では、船頭の伝八《でんはち》親方や勇次《ゆうじ》たちが舟の仕度をしていた。

「お早うございます。伝八の親方」

「おう、鶴次郎の兄い、今朝は早いな」

船頭の親方の伝八は、しわがれ声で鶴次郎を迎えた。

「はい。勇次、弥平次の親分、起きていらっしゃるかい」

「ええ……」

「鶴次郎がお目通りを願っているとお伝えしてくれ」

鶴次郎は、手先も務めている勇次に頼んだ。

「合点です」

勇次は『笹舟』の弥平次の許に走った。


朝の大川には野菜などを積んだ荷船が行き交っていた。

倫太郎と美保は岸辺に佇んでいた。

「お調べになったのですか、私を……」

「申し訳ありません……」

倫太郎は詫びた。

「いいえ。四歳も年上で一度も嫁になった事のない女。お調べになるのが当然にございます」

美保は淋しげに微笑んだ。

「それで美保さん、榎本竜之介さんはこれから何をしようとしているのですか」

倫太郎は眉をひそめた。

「分かりません……」

美保は、哀しげに首を横に振った。

「分かりませんか……」

「はい……」

美保は、大川の流れを眩しげに見つめた。

「ですが、ひと目逢いたいと……」

「竜之介さんとは、いつ何処で知り合ったのですか」

「もう、六年も昔になりますか、竜之介さまは不忍池の畔で絵を描いておいででした」

「絵を……」

「はい。春の日差しに輝く不忍池を……。温かくて優しい絵でした」

美保は、絵を介して竜之介と親しくなり、互いに魅《ひ》かれて慕い合うようになった。

「そして、竜之介さんに榎本家への婿養子話が持ち上がったのですね」

「はい。竜之介さまの兄上さまがどんどんお話を進められ、否応もなく……」

「榎本家に入り婿しましたか……」

「はい……」

美保は哀しげに頷いた。

「竜之介さんは、何故に舅の榎本庄兵衛を斬ったのですか……」

「存知ません。存知ませんが、舅御さまは竜之介さまが絵を描くのを御禁じになられ、お家を継ぐお子が生まれてからは、最早用済みだと云わんばかりに……」

美保の声に涙が滲んだ。

竜之介は、婿養子の辛さと厳しさにまみれた暮らしに耐えた。だが、何かが堪忍袋の緒を切り、竜之介は庄兵衛を斬殺して逐電したのだ。

婿養子の堪忍袋を切ったものは何か……。

倫太郎は、竜之介の哀しさと悔しさを知った。

「竜之介さん、今は何処にいるのですか」

「倫太郎さま……」

美保は、倫太郎に怯《おび》えた眼差しを向けた。

「美保さん、お気づきのように目付は竜之介さんの身辺を探り、貴方を割り出しました。とりあえずの尾行は撒きましたが、その手は確実に迫っています。下手《へた》をすれば、貴方と逢う前に捕らえられるかも知れない」

倫太郎は、厳しい面持ちで告げた。

「そんな……」

美保は怯えた。

「美保さん。竜之介さんは、部屋住みの私の明日の姿なのです。ですから、決して悪いようにはしない」

倫太郎は、真摯《しんし》な態度で訴えた。

「向島です……」

美保は、倫太郎を信じた。

「向島の何処です」

「それは……」

美保は躊躇った。

「分かりました。とにかく向島に急ぎましょう」

倫太郎は、美保を促して大川に架かる吾妻橋に急いだ。

猪牙舟《ちょきぶね》の舳先《へさき》は流れを切り裂き、水飛沫は光り輝いた。

勇次は、猪牙舟に鶴次郎を乗せて大川を遡《さかのぼ》った。鶴次郎は、大川の左右の岸に倫太郎と美保の姿を探した。

「本当に向島ですかね」

勇次は、猪牙舟を巧みに操った。

「うん。榎本竜之介の立場と暮らし振り、それに人柄を考えると、両国や本所深川の盛り場は似合わないと思ってね」

「成る程……」

勇次は、鶴次郎の睨みに感心した。

鶴次郎は、柳橋の弥平次に事の次第を話し、勇次と猪牙舟を借りた。

猪牙舟は、竹町之渡を過ぎて吾妻橋に差し掛かった。隅田川は吾妻橋から下流を大川と称された。それは、吾妻橋が〝大川橋〟とも呼ばれていたからであった。

勇次の漕《こ》ぐ猪牙舟は、鶴次郎を乗せて吾妻橋を潜り、隅田川を遡った。

「勇次……」

「はい」

「水戸藩の下屋敷だ」

鶴次郎は、隅田川の東岸に建つ水戸藩江戸下屋敷を示した。

向島に急ぐ美保と倫太郎が見えた。

「いましたね」

「ああ、行き先は向島だな」

「ええ……」

美保と倫太郎は、隅田川沿いの土手道を向島に急いでいた。

隅田堤《づつみ》の桜並木は葉桜となり、風に揺れていた。

美保は隅田堤を足早に進んだ。倫太郎は、目付の尾行や見廻りを警戒しながら美保に続いた。見張っていた目付の配下は撒いたが、他にもいたかも知れない。倫太郎は油断なく周囲を窺いながら進んだ。美保は、思い詰めた眼差しで先を急いだ。

三囲《みめぐり》神社、長命寺、諏訪明神、白髭神社など名のある神社や寺が続いた。

竜之介は何をしようとしているのか……。

倫太郎は美保を追った。

四

寺島村の渡し場を過ぎた。

美保は立ち止まり、不安げに辺りを見廻した。

竜之介の居場所は近い……。

倫太郎は睨んだ。

竜之介が結び文で報せてきた場所は、おそらく美保と一緒に来た事のある場所なのだ。

不安げに辺りを見廻した美保は、倫太郎に哀願するような一瞥を投げ掛けて再び歩き出した。

倫太郎は、背後を窺って美保に続いた。

背後から来るのは、土地の百姓夫婦、行商人、神社や寺の参拝客、そして浪人といった者たちだった。

その中に、目付の配下がいるのかも知れない……。

倫太郎は、周囲や背後を窺いながら美保を追った。

美保は隅田堤を尚《なお》も進んだ。

行く手に木母寺《もくぼじ》が見えてきた。

美保は険しい面持ちで辺りを見廻し、木母寺の手前の小道を隅田川に向かった。

水神……。

小道の先には、隅田川の総鎮守である水神しかない。美保が水神に行くという事は、竜之介がいる証《あかし》なのだ。

榎本竜之介は水神に潜んでいる……。

倫太郎はそう睨み、小道を外れて草の茂みに分け入り、水神の裏手に迂回した。

美保は、水神の拝殿の前に立った。

倫太郎は茂みに潜んだ。

「竜之介さま……」

美保は、拝殿に向かって竜之介を呼んだ。

拝殿の扉が開き、榎本竜之介が現れた。竜之介は脇腹を押さえ、よろめく身体を大刀を杖にして支えていた。

「竜之介さま……」

美保は息を飲んだ。

竜之介は、僅かな時の間に窶れ果てていた。

「美保さん……」

竜之介は項垂《うなだ》れた。押さえた脇腹には滲んだ血が乾いていた。

「お怪我をしているのですか……」

美保は驚き、駆け寄った。

竜之介は、苦しげに膝をついた。

「浅手で血も止まった。大事ない……」

竜之介は、美保を安心させるように笑って見せた。

「竜之介さま……」

美保は、涙を浮かべて竜之介に縋《すが》った。

「美保さん、よく来てくれた」

竜之介は、舅の榎本庄兵衛を斬った時、己も脇腹に手傷を負った。

倫太郎は見守った。

「竜之介さま、榎本の舅御さまを手に掛けたのは本当にございますか」

美保は声を震わせた。

「そうだ、私が斬った。私が舅の榎本庄兵衛を斬り棄てた」

竜之介は、隅田川の流れを眺めながら静かに告げた。

美保は、竜之介の横顔を見つめた。

竜之介には昂《たかぶ》りも後悔もなく、穏やかな面持ちだった。

「竜之介さま、何故に……」

美保は、舅の庄兵衛を斬った理由を尋ねた。

竜之介は、懐から二枚に引き裂かれた絵を出した。絵は、美保の微笑む顔を描いた大首絵だった。

「これは……」

美保は戸惑った。

「私が描き、密かに持っていた美保さんの大首絵。舅の庄兵衛はそれを見つけ、私を罵倒した挙句、引き裂きました。私は思わず我を忘れて……」

竜之介は舅の庄兵衛を斬った。

「私のために……」

美保は呆然と呟いた。

竜之介は、隅田川を眺めたまま返事をしなかった。美保は、竜之介に並んで隅田川を眺めた。

隅田川を行き交う船が途絶え、その流れは昇る陽に光り輝いた。

「すまぬ……」

竜之介は詫びた。

「竜之介さま……」

美保は戸惑いを浮かべた。

「長い間、私は美保さんに甘え、惑わせてきたのです。お許し下さい」

「そのような……」

美保は、竜之介の言葉にうろたえた。

「私と出逢わなければ、美保さんは何方《どなた》かを婿に迎え、子を生《な》し、親御どのに孝養を尽くして平穏な暮らしをしていたはず」

「竜之介さま、そうとは限りませぬ。私は竜之介さまと出逢った事を悔やんではおりませぬ。出逢いもこうしている事の何もかもが、私に与えられた運命なのです。その証に私は毎日を楽しく暮らして参りました」

美保は、僅かに胸を張って微笑んだ。

「美保さん……」

「竜之介さま、今となっては何事も自分で決めた事、誰のせいでもございませぬ。それで良いではございませんか。ですから、詫びは無用にございます」

「かたじけない……」

竜之介は、美保を眩しげに見つめて頭を下げた。

「竜之介さま……」

「美保さん、逢えて良かった……」

竜之介は微笑んだ。

隅田川を吹き抜けた風が、美保の後れ毛を揺らした。

「さあ、親御どのが心配されている。お帰り下さい」

「竜之介さまは……」

「私は……」

竜之介は穏やかに微笑んだ。微笑みの背後には確かな覚悟が見てとれた。

切腹……。

竜之介は、切腹をして舅殺しの責めを取る覚悟だ。

美保は、竜之介の心をそう読み、己の覚悟を決めた。

「竜之介さま、私は何処までもお供致します」

「美保さん、これ以上の私との関わり、無用にされるがよい」

「いいえ。私も私なりの始末を着けます」

美保は、美しい笑顔で告げた。

「そうですか……」

竜之介は、美しい笑顔に秘められている翻る事のない決意に気づき、止めるのを諦めた。

美保は、美しい笑顔で竜之介を見守った。

竜之介は隅田川に向かって座り、腰から脇差を鞘ごと抜いた。

「ならば美保さん……」

「はい」

竜之介、脇差を抜いて逆手に握り締めた。

美保の眼に涙が光った。

竜之介は、微かな笑みを浮かべて己の腹に向けて脇差を構えた。脇差は僅かに震え、光り輝く刃になった。

「お待ち下さい」

倫太郎は茂みから飛び出した。

竜之介は思わず身構えた。倫太郎は素早く動き、竜之介の脇差を握る手を押さえた。

「倫太郎さま……」

美保は、懐剣を握り締めた。

「おぬしは……」

「御家人夏目嘉門が三男倫太郎と申す者です」

倫太郎は、厳しい面持ちで名乗った。

「夏目倫太郎……」

竜之介は、怪訝な眼差しを倫太郎に向けた。

「はい」

「その夏目どのが何故、私の邪魔をするのだ」

「榎本どの。私は同じ部屋住みとしておぬしに死んで欲しくないのです」

「同じ部屋住み……」

竜之介は眉をひそめた。

「はい。すでに終わった事ですが、私には美保さんの婿になる話がありました」

倫太郎は、必死に竜之介の気を引こうとした。

「美保さん……」

竜之介は、驚きの眼を美保に向けた。

「倫太郎さまの仰る通りです」

美保は頷いた。

「今朝も此処に来る私を追うお目付の配下の眼を眩ませて下さいました」

竜之介は、驚いたように倫太郎を見つめた。

「目付の配下の眼を……」

「はい」

「そうでしたか……」

竜之介は倫太郎を見つめた。

「榎本どの。我々部屋住みは、兄に万一のことがあった時の代替。甥の代には厄介叔父、無駄飯食いと蔑まれ、養子や婿の口があれば、当人の思いなどに関わりなくめでたいと厄介払い。己を殺して生きなければならない部屋住みの苦しさと辛さ。出来る限り生き延びて訴えるべきではないでしょうか」

「部屋住みの苦しさと辛さ……」

「はい。このまま千住の宿に逃れ、江戸を出て生き延びるのです」

倫太郎は声を励まして勧めた。

「夏目どの。その様な真似、私には出来ませぬ……」

竜之介は、淋しげな笑みを浮かべた。

「榎本どの……」

倫太郎は、哀しげに眉をひそめた。

「手をお放し下され」

竜之介は、脇差を握る手を押さえる倫太郎に厳しい面持ちで告げた。

「榎本どの、どうあっても……」

「夏目どの。貴殿のご好意、忘れは致さぬ」

竜之介は笑った、爽やかな笑顔だった。

刹那、美保が懐剣を抜いて倫太郎に突き掛かった。

「美保さん」

倫太郎は、驚きながらも咄嗟に竜之介の許から飛び退いた。美保は、尚も倫太郎に襲い掛かった。懐剣の刃風が鋭く唸り、倫太郎は躱しながら後退した。

「お別れにございます。竜之介さま」

美保は叫んだ。

「うむ。さらばだ、美保さん……」

竜之介は頷き、脇差を己の腹に突き刺して一気に横に引いた。

「榎本どの」

倫太郎は叫んだ。

美保は、倫太郎への攻撃を止めて立ち尽くした。

竜之介は、大きく息を鳴らして前のめりに崩れた。

美保は、呆然とした面持ちで沈むようにその場に座り込んだ。

倫太郎は、竜之介に駆け寄って抱き起こした。竜之介の顔に苦しみはなく、穏やかな死相が広がっていた。

「榎本どの……」

「み、美保さん……」

竜之介は、微かに呟いて絶命した。

倫太郎は、竜之介の手から脇差を取り、手を合わせた。

「倫太郎さん……」

鶴次郎の切迫した声があがった。

倫太郎は振り返った。

隅田川から駆け上がって来た鶴次郎と勇次が、懐剣で胸を突き刺して倒れている美保の傍に立ち尽くしていた。

「美保さん……」

倫太郎は呆然とした。

美保は、竜之介の死を見届けて己の胸を突き刺した。

倫太郎は美保の様子を見た。美保は、穏やかな笑みを浮かべて息絶えていた。

「気を利かせたつもりでしたが、もっと早く出て来ていれば……」

鶴次郎は悔やんだ。

「鶴次郎さん、勇次、美保さんと榎本どのは心中をしたのです」

「心中……」

鶴次郎と勇次は眉をひそめた。

「今、美保さんの自害を食い止めたところで、いつか必ず榎本どのの後を追ったでしょう」

倫太郎は、己に言い聞かせるように告げた。

「でしたら鶴次郎の兄貴、せめて一緒にしてあげましょう」

勇次は同情した。

「そうだな。倫太郎さん……」

「はい」

倫太郎、鶴次郎、勇次は、美保と竜之介の死体を並べて寝かせた。

「で、これからどうします」

「評定所に引き渡せば、竜之介さんの死体は咎人《とがにん》として始末され、美保さんの死体は実家に下げ渡されるでしょう」

倫太郎は、二人の死体の行く末を読んだ。

「つまりは離れ離れですか……」

鶴次郎は吐息を洩らした。

「ええ」

「心中したってのに、それじゃあお気の毒ですよ」

勇次は鼻水を啜った。

「まったくだな……」

鶴次郎は頷いた。

「鶴次郎さんも勇次もそう思いますか……」

「ええ……」

鶴次郎と勇次は頷いた。

「そうですね。やっと一緒になれたのに、離れ離れになるのは余りにも淋しくて哀しいですね」

倫太郎は、美保と竜之介の死体を見つめた。

竜之介と美保の死に顔には、穏やかな微笑みが浮かんでいた。

隅田川の流れは眩しいほどに輝いていた。


竜之介は行方知れずのままだった。

榎本家は取り潰され、竜之介の妻と子は親類に引き取られていった。そして、目付は竜之介の舅殺しの探索を諦めた。

倫太郎は、北町奉行所から戻った忠左衛門に呼ばれた。

「伯父上、何か御用ですか」

倫太郎は、忠左衛門の前に座った。

「うむ。倫太郎、ここだけの話だがな。お前を婿にと望んできた大岡家の美保どのが、行方知れずになっているそうだ」

「美保さんが……」

美保の失踪が噂になり始めた。

「うむ。事は表沙汰になっていないが、間違いないようだ」

忠左衛門は白髪眉をひそめた。

「そうですか。それで、大岡さまは跡継ぎをどうする気なのですか」

「それなのだが、遠縁の倅を養子にする手続きをしたそうだ」

「それしかないでしょうね」

倫太郎は頷いた。

「左様。それから倫太郎、これは噂に過ぎぬが、美保どのの行方知れず、榎本竜之介に関わりがあるのかも知れぬ」

忠左衛門は声を潜めた。

「本当ですか……」

美保と竜之介の関わりは、思ったより早く浮かぶかもしれない。

「うむ。榎本竜之介の舅殺し、目付ではなく我らが手掛けておれば、造作もなかったものを……」

忠左衛門は、筋張った細い首を伸ばして嘲笑を浮かべた。

「まことに……」

倫太郎は苦笑した。


日本橋通油町の地本問屋『鶴喜』から黄表紙が出版された。黄表紙の外題は『部屋住み哀歌入り婿地獄』と記され、戯作者は閻魔亭居候だった。物語は、貧乏御家人の部屋住みが意に沿わない家の婿になり、虐げられた挙句、舅に対して刃傷《にんじょう》に及ぶものだった。

貧乏御家人の部屋住みの悲哀と辛さは、江戸の庶民の話題になった。そして、人々は黄表紙の主人公と、榎本竜之介を重ねて同情し始めた。

日本橋青物町の居酒屋『角や』は、暖簾を掲げるとすぐ客で賑わった。

客の中には倫太郎と鶴次郎もいた。

「そうですか、美保さんの行方知れずが噂になり始めましたか……」

鶴次郎は酒を啜った。

「ええ。ですが、美保さんの行方は分からないでしょう」

倫太郎は手酌で酒を飲んだ。

あの日、倫太郎、鶴次郎、勇次は、竜太郎と美保の遺体を隅田川の土手に密かに埋葬した。そして、倫太郎は二人の遺体の傍に供養の桜の苗木を植えた。

「それにしても倫太郎さん、部屋住みや入り婿ってのは、気楽なようで厳しく辛いものなんですね」

鶴次郎は、倫太郎の猪口に酒を満たした。

「読んでいただきましたか、黄表紙……」

「ええ……」

「そうですか……」

倫太郎も鶴次郎の猪口に酒を注いだ。

「畏れ入ります」

「いいえ……」

倫太郎と鶴次郎は、竜之介と美保の厳しさと哀しさに思いを馳せながら酒を飲んだ。

居酒屋『角や』の賑わいは続いた。

向島にある水神の傍には、小さな桜の木が植えられていた。翌年、小さな桜の木は、普通のものより赤い花を幾つか咲かせた。赤い桜の花は誰にも気づかれずに咲き、ひっそりと散っていった。

小さな桜の木の傍の一間四方の地面は僅かに沈み、赤い桜の花びらに彩られた。

風が吹き抜け、赤い桜の花びらは隅田川の流れに舞った。

# 第三話　恨み舟

## 一

金龍山浅草寺は参拝客で賑わっていた。

結衣は、参拝客を眺めながら茶店で団子を食べていた。

「結衣、伯母上が心配している。そろそろ帰るぞ」

倫太郎は茶を飲み干した。

「なに云ってんのよ。まだ、八つ（午後二時）の鐘は鳴っていないわよ。おじさん、お団子もう一皿頂戴《ちょうだい》な」

結衣は、茶店の老亭主に注文した。

「まだ食べるのか……」

倫太郎は呆《あき》れた。

その日、結衣は母親の加代に使いを頼まれ、浅草御蔵前富坂町に住む遠い親類に届け物をした。結衣は、暇を持て余していた倫太郎を荷物持ちのお供として五十文で雇った。

五十文あれば、蕎麦屋で蕎麦を肴に一合の酒を楽しめる。

倫太郎は、喉を鳴らして結衣のお供を引き受けた。

結衣は、早々に使いを終え、その先の浅草広小路から浅草寺に向かった。

話が違う……。

倫太郎は、慌てて結衣を呼び止めた。

「どうしても行かないってのなら、五十文のお給金はなし」

結衣は、可愛らしく笑いながら倫太郎を脅した。

所詮、雇われ人は金を持っている雇い人に勝てるはずはない……。

倫太郎は、浅草広小路に連なる店を覗き歩く結衣のお供をし、浅草寺の境内の茶店で茶を飲んだ。

「父っつぁん、茶のお代わりだ」

倫太郎は、結衣に団子を持って来た老亭主に茶を頼んだ。

「おじさん、私も……」

結衣も茶のお代わりを注文し、美味《うま》そうに団子を食べた。

倫太郎は、五十文の金でお供を引き受けたのを悔やんだ。

僅かな時が過ぎ、未《ひつじ》の刻八つの鐘が鳴った。


雷門を出た倫太郎と結衣は、浅草広小路を抜けて蔵前通りを進んだ。

蔵前通りは浅草寺と神田川に架かる浅草御門を結ぶ往来であり、途中に駒形堂や公儀の米蔵浅草御蔵がある。

倫太郎と結衣は、駒形堂に差し掛かった。

若い娘が通りを横切り、駒形堂の裏手に駆け込んで行った。そして、遊び人風の男が、若い娘を追って駒形堂の裏手に走り込んだ。

「倫太郎さん……」

結衣は怪訝そうに足を止めた。

「うん」

倫太郎は眉をひそめた。

次の瞬間、駒形堂の裏手から男の絶叫があがった。

倫太郎は、弾かれたように駒形堂に走った。

「倫太郎さん……」

結衣が慌てて続いた。


駒形堂は馬頭《ばとう》観音を祀ったお堂であり、その昔に祈願者が駒の形を作って納めたところから駒形堂と呼ばれ、大川沿いにあった。

倫太郎は、駒形堂の裏手に駆け込んだ。裏手には遊び人風の男が、腹から血を流して倒れていた。そして、若い娘を乗せた猪牙舟が、大川を去って行くのが見えた。

「倫太郎さん……」

やって来た結衣が、倒れている遊び人風の男を恐ろしげに見つめた。

倫太郎は、倒れている遊び人風の男の様子を見た。遊び人風の男は、死相を浮かべて苦しげな息を微かに洩らしていた。

「しっかりしろ」

倫太郎は、遊び人風の男を励ました。

「お、おふみ……」

遊び人風の男は、呆然とした面持ちで呟いて絶命した。

「おい。しっかりしろ。おい」

倫太郎は、遊び人風の男を揺り動かした。だが、遊び人風の男が生き返るはずはなかった。野次馬が恐ろしげに集まり、自身番の者たちが駆け付けてきた。

「人殺しです。町奉行所に報せてください」

倫太郎は自身番の者に頼んだ。

「人はもう走らせました。間もなく土地の親分が来るはずです」

「そうですか……」

倫太郎は、息を引き取った遊び人風の男を調べた。遊び人風の男は、腹を深く刺されていた。そして、懐に入れていた匕首《あいくち》は、抜かれる事もなく血に濡れていた。

倫太郎は、遊び人風の男の身許が分かる物を探した。だが、彫物もなく、身許を教える物は何一つなかった。

「退《ど》いた。退いた」

岡っ引たちが十手を翳し、野次馬をかき分けてやって来た。

倫太郎は、素早く結衣の傍に退いた。

岡っ引たちは、死んでいる遊び人風の男の様子を見た。

「何処の岡っ引なの」

結衣は、眉をひそめて倫太郎に囁いた。

「さあな。いずれにしろ月番は南町。余計な事は云わず大人しくしているんだ」

「分かっているわよ」

結衣は不服気に頷いた。

「で、仏を見つけたのは誰だい」

岡っ引の親分は、自身番の者に尋ねた。

「あちらのお侍さまです」

自身番の者が倫太郎を示した。

「私だ」

倫太郎は進み出た。

「詳しく教えて戴きましょうか」

岡っ引の親分は、見つけたのが武士だと知って僅かに頬を歪めた。

「若い女が三間町の方から駒形堂の裏に走り込み、仏さんが追って来ましてね。私が駆け付けた時には、腹を刺されて倒れていました」

「その若い女ってのは何処ですかい」

「私が来た時には、猪牙舟に乗って大川を下って行きましたよ」

「どんな様子の女ですかい」

「走る姿を見ただけで、どんな様子だと云われてもな……」

「顔も分かりませんか」

「ええ……」

「お侍さま、お名前は何と仰るんですかい」

岡っ引の親分は、倫太郎に鋭い眼差しを向けた。

「おぬしは……」

倫太郎は苦笑した。

「こいつはご無礼致しました。あっしは、南町奉行所の同心の旦那から手札を戴いている駒形の勘助《かんすけ》と申します」

　岡っ引の駒形の勘助は、その慇懃《いんぎん》な言葉遣いに侮りを滲ませた。

「私は御家人の夏目倫太郎だ」

「御家人の夏目倫太郎さま。で、お住まいは」

「実家は青山だが、今は八丁堀で暮らしているよ」

「八丁堀……」

　勘助は戸惑いを浮かべた。

「もう、ぐずぐず面倒くさいわね」

　結衣は苛立った。

「お嬢さまは……」

　勘助は結衣を睨み付けた。

「私は北町奉行所与力、大久保忠左衛門の娘です」

「大久保さまの……」

　勘助はうろたえた。

「倫太郎さんの住まいは八丁堀北島町の大久保忠左衛門の屋敷です。ご用があれば、いつでもお出《い》でなさい。さあ、倫太郎さん、参りましょう」

「うん。ではな……」

倫太郎は苦笑し、結衣と共に蔵前通りを神田川に向かった。

「あっ、夏目さま……」

勘助は、慌てて倫太郎を呼び止めた。だが、倫太郎は勘助を無視した。

「もう、なによ、あの慇懃無礼な態度。大した岡っ引じゃあないわね」

結衣は腹立たしげに言い捨てた。

「お嬢さまの仰る通りで……」

しゃぼん玉売りの由松《よしまつ》が、背後から倫太郎と結衣に並んだ。

「やあ、由松さん」

「へい。お久し振りにございます。倫太郎さん、お嬢さま……」

しゃぼん玉売りの由松は、岡っ引の柳橋の弥平次の手先を務めており、戯作者・閻魔亭居候の書く黄表紙の愛読者だった。

「駒形の勘助。お嬢さまの仰る通り、十手を振り翳して、手柄をあげるためには何でもするって野郎ですよ」

　由松は吐き棄てた。

「でしょう。私、ひと目見て分かったわ」

　結衣は、眉をひそめて頷いた。

　倫太郎と由松は苦笑した。

「ほんと、嫌な奴……」

「それで由松さん。あの仏さん、何処の誰か知っていますか」

　倫太郎は尋ねた。

「利吉《りきち》って野郎でしてね。女衒《ぜげん》の吉五郎《きちごろう》の舎弟分です」

「女衒の舎弟分……」

　倫太郎は眉をひそめた。

「ええ。女衒の吉五郎は、高利貸しから焦げ付いた証文を二割引きで買い取りましてね。借り手の娘や女房を無理矢理売り飛ばす。評判の悪い奴らですよ」

「人買いは公儀の御法度《ごはっと》。さっさとお縄にすればいいじゃありませんか」

　結衣は口を尖《とが》らせた。

「そいつが、十年の年季奉公の形をとっている限り、人買いじゃあなくなる」

公儀は人身売買を禁じており、吉原の女郎も公には十年の年季奉公人だった。だが、多額の支度金を貰って年季奉公した限り、その身は縛られて売られたのも同然であった。

「そんなのずるいわよ」

「結衣、御法度にも抜け道はあるのさ」

倫太郎は苦笑した。

「それで倫太郎さん、若い女が猪牙舟で大川を下って行ったってのは……」

「うん。二十歳ぐらいの娘でな。利吉は死ぬ間際におふみと洩らしたが、その娘の名前かも知れぬ」

「おふみですか……」

「ええ……」

「で、猪牙舟と船頭はどんな……」

「そいつなんだが、船頭の半纏の背中に丸に若の字が染め抜かれていた」

「丸に若の字ですか……」

「うん。ひょっとしたら船宿の屋号かも知れない」

「ええ。どうします。寄って行きますか」

行く手に神田川に架かる浅草御門が見えた。

神田川沿いを大川に行けば柳橋となり、船宿『笹舟』がある。

由松は、倫太郎に『笹舟』に寄るかと尋ねたのだ。

「いいえ。もう八つ半（午後三時）も過ぎたはずです。結衣を連れて帰らなければ伯母上が心配します」

「大丈夫よ、倫太郎さん。笹舟に寄って行きましょうよ」

結衣は眼を輝かせた。

「結衣、お前は大丈夫でも、俺は只ではすまん。とにかく帰るぞ」

「でも……」

「煩《うるさ》い」

倫太郎は一喝した。

結衣は、悪戯《いたずら》っぽく舌を出した。

「そうですか……」

由松は苦笑した。

「由松さん。よかったら今晩、日本橋は青物町にある『角や』って居酒屋に来てください。鶴次郎さんと一緒にいます」

「分かりました。丸に若の字の船宿と利吉の事を出来るだけ調べていきますぜ」

「お願いします。さあ、結衣、帰るぞ」

倫太郎は由松と別れ、結衣を連れて八丁堀の屋敷に急いだ。


船宿『笹舟』は夜の舟遊びの仕度に忙しかった。

下っ引の幸吉《こうきち》は、由松に茶を淹れてやった。

「こいつは畏れ入ります」

由松は、幸吉に礼を云って湯気の昇る茶を啜った。

「それで由松。その若い女を乗せて行った猪牙の船頭、丸に若の字の半纏を着ていたってんだな」

弥平次は眼を鋭く光らせた。

「はい。倫太郎さんが見たそうです」

「その辺の事、倫太郎さん、駒形の親分には云わなかったのか」

　幸吉が念を押した、

「ええ。駒形の親分、あの調子ですからね。一緒にいた大久保さまのお嬢さまが怒り、用があれば八丁堀の大久保忠左衛門の屋敷に来いと……」

「そいつは大変だ。大久保さまは南北両奉行所で一番の雷親父。下手な真似をしたら駒形の親分の首なんかひとたまりもねえぜ」

　幸吉は笑った。

「まったくで……」

「そして、おふみか……」

　弥平次は茶を啜った。

「へい。利吉が死ぬ間際に倫太郎さんに洩らしたそうです」

「親分、女衒の吉五郎、探ってみますか……」

　幸吉は身を乗り出した。

「ああ。吉五郎の処には、勘助も行っているはずだ。雲海坊《うんかいぼう》と一緒に行くんだな」

「はい」

「それから由松、丸に若の字の船宿は、若柳、若松、若菜、若村って処だろう」

「でしたら、薬研堀《やげんぼり》に若村って船宿がありますね」

「うん。その辺から探りを入れてみな」

「合点です」

幸吉と由松は、弥平次に探索費を貰って居間から出て行った。

「女衒か……」

弥平次は眉をひそめた。


日本橋青物町の居酒屋『角や』は常連客で賑わっていた。

倫太郎は、酒を飲みながら鶴次郎に利吉殺しに出遭った事を話した。

「へえ、そいつは大変でしたね」

鶴次郎は手酌で酒を飲んだ。

「殺された利吉って奴、知っていますか」

「いいえ。利吉は知りませんが、兄貴分の女衒の吉五郎は名前を聞いた事がありますよ」

「かなり悪辣《あくらつ》な奴のようですね」

「ええ。そりゃあもう、薄汚い野郎ですよ」

鶴次郎は苦笑した。

「いらっしゃい」

『角や』の若い衆が威勢良く客を迎えた。

客は由松だった。

「由松さん、こっちです」

倫太郎は、立ち上がって由松を呼んだ。

「遅くなりまして。お久し振りです、鶴次郎さん」

「おう。達者だったかい。ま、座んな」

「はい。御免なすって」

由松は、鶴次郎の隣に座った。

「どうぞ……」

倫太郎は、由松に徳利を差し出した。

「こいつは畏れ入ります」

由松は猪口を差し出した。倫太郎は、由松の猪口に酒を満たした。由松は、酒の満たされた猪口を置き、倫太郎と鶴次郎に酒を注いだ。

「じゃあ、戴きます」

由松は酒を飲んだ。

「由松。利吉殺し、倫太郎さんに聞いた。で、どうなったい」

「はい。親分の云い付けで、幸吉と雲海坊の兄貴たちが女衒の吉五郎に探りを入れ、あっしと勇次が丸に若の字の船宿を……」

「流石《さすが》は柳橋の親分だ。やる事が早いぜ」

鶴次郎は感心した。

「それで、何か分かりましたか」

倫太郎は身を乗り出した。

「そいつがまだでして……」

由松は悔しげに告げた。

薬研堀の船宿『若村』は、丸に若の字ではなく山形に若の字であり、倫太郎の見た船頭の半纏とは違った。

「ま、探索は始まったばかりだ。焦る事はないぜ」

「はい」

由松は頷いた。

「それにしても若い女は、どうして利吉に追われていたのかですね」

鶴次郎は眉をひそめた。

「分からないのはそこです。あの時、若い女は三間町から蔵前の通りに駆け出して来て駒形堂の裏手に駆け込みました。つまり、三間町の何処かで何かがあった……」

倫太郎は、昼間の出来事を思い浮かべた。

「三間町ですか……」

「ええ。明日、三間町で何かなかったか調べてみます」

「じゃあ、あっしは利吉の仕事振りを……」

「鶴次郎さん、半兵衛さんの方はよろしいのですか」

「はい。今月の月番は南町、半兵衛の旦那も事件を抱えちゃあおりませんので
……」

「そいつはありがたい。よろしくお願いします」

倫太郎たちは、いろいろな面から利吉殺しを見ながら酒を飲んだ。

夜の隅田川には船行燈《ふなあんどん》が揺れ、三味線の音が静かに響いていた。

浅草花川戸町は、浅草寺と隅田川の間にあった。

幸吉と托鉢《たくはつ》坊主の雲海坊は、花川戸の片隅にある女衒の吉五郎の家を見張った。

吉五郎の家は、板塀を廻した仕舞屋《しもたや》であり、手下らしき男たちが出入りしていた。

雲海坊は周辺に聞き込みを掛け、路地に潜んでいる幸吉の許に戻った。

「野郎ども、利吉が追っていた若い女を探しているようだぜ」

「若い女か……」

幸吉は眉をひそめた。

「ああ。どういう女なのかな……」

雲海坊は首を捻った。

「手下、締め上げてみるか」

「そいつはまだ早いぜ」

雲海坊は苦笑した。手下を締め上げて、柳橋の弥平次たちが探索し始めたのを知られるのは拙い。

「それより幸吉っつぁん……」

雲海坊は、浅草広小路からの道を示した。岡っ引の駒形の勘助が、下っ引の源七《げんしち》を従えてやって来た。

「勘助……」

幸吉と雲海坊は路地の奥に潜んだ。

勘助と源七は、油断なく辺りを見廻して吉五郎の家の板塀の木戸を潜った。

「駒形の勘助、何しに来たのかな」

「只の聞き込みか、それとも他に何か用があるのか……」

雲海坊は嘲笑を浮かべた。

駒形の勘助は、猪口の酒を飲み干した。

女衒の吉五郎は、勘助の猪口に酒を満たした。

「それで勘助の親分、ご用ってのは……」

吉五郎は、勘助に探る眼差しを向けた。

「聞くまでもねえだろう、殺された利吉は一体何をしていたんだい」

勘助は、狡猾な笑みを浮かべた。

「さあ、利吉が何をしていたかなんて、あっしは知りませんぜ」

「吉五郎、そいつは通らないぜ。お前と利吉は、若い頃から一緒に危ねえ橋を渡ってきた仲だろう。やっている事はお互いによく分かっているはずだぜ」

「親分、こっちは殺《や》られた側だ。いろいろ云われる筋合いじゃあねえが、中には騙《だま》されて売られたと誤解する者もいましてね。利吉はそいつに命を狙われていたのかも……」

「成る程、女衒もいろいろあるんだな」

勘助は薄く笑った。

「そりゃあもう。このままじゃあ、あっしどもの信用もがた落ちですぜ」

吉五郎は苦笑し、長火鉢の抽斗《ひきだし》から五両の金を出して勘助に差し出した。

「分かった。しばらくは目を瞑る。その間に始末するんだな」

勘助は五両の金を握り締めた。

小半刻が過ぎた。

勘助と源七は、吉五郎の家から出て来て浅草広小路に向かった。

「さあて、どうする」

「源七の野郎を締め上げよう」

「いいねえ」

幸吉と雲海坊は、勘助と源七を暗がり伝いに追った。

二

大川には、幾つもの船行燈の明かりが美しく映えていた。

源七は、親分の勘助を駒形町の家に送り、大川沿いの道を自分の住む長屋に向かった。

行く手の暗がりから人影が現れた。

源七は思わず足を止め、行く手の暗がりを透かし見た。

人影は饅頭笠《まんじゆうがさ》を被り、衣を揺らしながらやって来た。

坊主……。

源七は戸惑った。

「源七……」

源七は背後からいきなり名前を呼ばれ、思わず振り返った。

背後に幸吉がいた。

「こ、こりゃあ幸吉の兄貴……」

源七は、柳橋の弥平次の下っ引の幸吉を知っていた。

坊主が錫杖《しやくじよう》を突きながら傍に来た。

「おう。源七じゃあねえか……」

坊主は古びた饅頭笠をあげた。饅頭笠の下から雲海坊の笑顔が現れた。

「雲海坊の兄い……」

源七は、幸吉と雲海坊の出現に身を固くした。

「殺された利吉、何をしていたんだい」

幸吉は静かに尋ねた。

「えっ……」

源七は言葉に詰まった。

「源七、お前と勘助親分が、女衒の吉五郎の家からの帰りだってのは分かっているんだぜ」

雲海坊は、親しげに源七の肩に手を廻した。

「吉五郎、利吉がどうして殺されたのか、心当たりを話したかい」

「そいつは……」

源七は躊躇った。

「話したんだな」

幸吉は構わず念を押した。

「へい……」

源七は怯えたように頷いた。

「聞かせて貰おうか……」

「幸吉の兄貴、そいつは勘弁して下さい」

「源七、勘助の親分、黙って吉五郎の家を後にしたわけじゃあるめえ。南町奉行所の秋山久蔵《あきやまきゅうぞう》さまにお出まし願ってもいいんだぜ」

南町奉行所与力の秋山久蔵は、〝剃刀久蔵《かみそり》〟と渾名《あだな》され、たとえ権力者でも悪事を働けば遠慮なくお縄にする男であり、弥平次や幸吉たちと親しい間柄だった。

「そ、そんな……」

源七は震え上がった。

秋山久蔵が出張《でば》れば、勘助の役目を利用した悪事などはすぐに突き止められ、ひとたまりもない。そして、勘助の下っ引を務める源七も只では済まない。

「源七、お前が喋《しゃべ》っても勘助親分には洩らさねえから安心しな」

雲海坊は笑い掛けた。

「ああ、雲海坊の云う通りだぜ」

「へい……」

源七は観念した。

「吉五郎が云うには、利吉は近頃、騙されて売られたって奴に命を狙われていたそうです」

「騙されて売られた……」

「命を狙っているのは何処の誰か、分かっているのか」

幸吉は厳しく問い質した。

「いいえ。そこまでは……」

源七は、慌てて首を横に振った。

利吉は、女を騙して売った恨みで殺された。

追われていた若い娘は、騙された女なのか、それとも関わりのある者なのか……。

いずれにしろ、利吉は女衒として殺されたのだ。

「で、勘助親分はどうしたんだい」

「そ、それは……」

「金を握らされ、しばらく目を瞑る事にでもしたかい」

雲海坊は嘲りを浮かべた。

「そ、そんな……」

源七は、雲海坊の鋭い勘にぞっとした面持ちになった。

「まあ、いい。源七、この事をお前が黙っている限り、俺たちも決して表沙汰にはしねえ」

幸吉は約束した。

「よろしくお願いします」

源七は、安心したように頭を下げた。


浅草三間町は、蔵前の通りを挟んで駒形町と向かい合っていた。

殺された利吉は、その三間町の片隅の長屋で暮らしていた。

倫太郎は長屋を訪れ、住人たちに利吉の生前の様子を聞き込んだ。

利吉は、女衒の吉五郎を手伝って金を稼ぎ、酒や博奕《ばくち》に注ぎ込んでいた。

「女衒で稼いだ金で遊び廻って。ろくな死に方をしないと皆で噂をしていたら、本当にそうなっちまったよ」

長屋のおかみさんたちは呆れたように笑った。

「それで、利吉の処に若い女が訪ねて来た事はありませんでしたか」

「さあ、時たま、飲み屋の女が来ていたけど、素人女《しろうと》は見掛けなかったよ」

「でもさ、ここのところ、若い女が木戸口をうろうろしてさ、利吉の事を探っているようだったよ」

別のおかみさんが眉をひそめた。

「若い女……」

「ええ……」

「どんな女でした」

「地味な着物を着て、大店の奉公人のように見えましたよ」

利吉に追われて駒形堂の裏手に逃げ込んだ若い女だ……。

倫太郎は確信した。

若い女は、利吉の身辺を探っていた。だが、利吉に気づかれて追われ、駒形堂の裏に逃げた。そして、利吉は突き殺された。突き殺したのが若い女か、猪牙舟の船頭なのかは分からない。

とにかく若い女だ……。

若い女を割り出さない限り、探索は進まない。

「ところで若い女の事、岡っ引は何か云ってましたか」

倫太郎は、岡っ引の駒形の勘助の動きが気になった。

「岡っ引って、駒形の勘助親分かい」

「ええ……」

「勘助親分なら、利吉の家の中を見廻して帰りましたよ」

おかみさんは、馬鹿にしたように笑った。

「本当ですか……」

「ああ、わたしたちになんか何も聞きやしませんよ」

駒形の勘助は、いい加減な探索をしている。

倫太郎は、長屋のおかみさんたちに礼を云って長屋を後にした。


大川の流れはゆったりと続いている。

倫太郎は、岸辺に腰掛けて眩しげに流れを眺めた。

何故、若い女は利吉を探っていたのだ……。

倫太郎は思いを巡らせた。

「倫太郎さん……」

鶴次郎が駆け寄って来た。

「やっぱりここでしたか……」

鶴次郎は、倫太郎の隣に腰掛けた。

「はい。利吉の長屋から……」

倫太郎は、長屋で聞き込んだ事を鶴次郎に話した。

「ほう、若い女が探っていましたか……」

「ええ」

「倫太郎さん。利吉の奴、十日ほど前に女衒の吉五郎と一緒に娘を一人売り飛ばそうとしたそうですぜ」

「売り飛ばそうとした……」

倫太郎は眉をひそめた。

「ええ。本物かどうか分からない古証文を持ち出し、十六歳の娘を女郎屋に無理矢理。ですが、その十六歳の娘、首を括《くく》って死んだそうです」

「首を括った……」

倫太郎は眉をひそめた。

「ええ。気の毒な話ですぜ」

「鶴次郎さん、その娘、何処の誰か分かりますか」

倫太郎は怒りを滲ませた。

「利吉殺しに関わりありますか……」

「きっと……」

倫太郎は頷いた。

「本所横川沿いの小梅瓦町にある忠兵衛長屋に住んでいたおすずって娘です」

「小梅瓦町の忠兵衛長屋に住んでいたおすずですね」

「ええ……」

「分かりました。行ってみます」

「そうですか。じゃあ、あっしは利吉の身の廻りをもう少し探ってみます」

倫太郎と鶴次郎は二手に分かれた。


神田川沿いに丸に若の字の船宿はなかった。

由松と勇次は、日本橋川の船宿を調べ始めた。

日本橋川は外濠《そとぼり》から日本橋を流れ、箱崎や霊岸島を抜けて大川に合流している。

由松は、勇次の漕ぐ猪牙舟に乗って丸に若の字の船宿を探した。

『若菜』『若松』『若柳』……。

由松は、若の字のつく屋号の船宿を探した。だが、倫太郎が見た猪牙舟の船頭と思われる者は容易に見つからなかった。

「どうします……」

勇次は吐息を洩らした。

「うん……」

由松は、事の大変さを思い知らされた。

日本橋から南に掛けて、堀割や川は東西に八丁堀、汐留川、古川と並び、南北に楓川、三十間堀と幾つもある。

「こうなりゃあ、虱潰《しらみつぶ》しにやりましょうよ」

勇次は意気込んだ。

「勇次、だったら浜町堀だ」

浜町堀は大川と日本橋川の間にある。由松と勇次は、大した理由もなく浜町堀を飛ばし、日本橋川を調べていた。

「虱潰しにやるなら、手は抜いちゃあならねえぜ」

「合点《がってん》だ」

由松と勇次は浜町堀に戻った。

浜町堀は、外濠・竜閑橋から両国に向かって流れる神田堀が南に曲がって続いている堀割だった。

勇次は、大川・三つ俣から浜町堀に最初に架かる川口橋を潜った。

浜町堀には、川口橋に続いて組合橋、小川橋、高砂橋、栄橋、千鳥橋、汐見橋、緑橋と架かっている。勇次と由松は、左右の岸辺を見廻しながらゆっくりと猪牙舟を進めた。

屋根船が前方から来て勇次の猪牙舟と擦れ違った。

「勇次、屋根船の船頭だ」

由松は、声を弾ませて振り返った。勇次は慌てて去って行く屋根船を見た。屋根船の艫《とも》で櫓を漕ぐ船頭は、丸に若の字の印半纏を着ていた。

「兄貴、丸に若の字だ」

「ああ。船宿はこの浜町堀だ」

「ええ……」

由松と勇次は、浜町堀の左右の岸辺を見ながら進んだ。

猪牙舟の舳先が流れを切り、水飛沫が煌めいた。


本所小梅瓦町には、瓦や素焼きの土器を焼く窯場の煙が立ち昇っていた。

倫太郎は、大川に架かる吾妻橋を渡り、常陸《ひたち》国水戸藩の江戸下屋敷の傍を小梅瓦町に向かっていた。

小梅瓦町の片隅に忠兵衛長屋はあった。

首を括ったおすずは、忠兵衛長屋に住んでいる瓦職人の安吉《やすきち》の娘だった。

倫太郎は、忠兵衛長屋の大家を訪れ、おすずが首を括った事情を尋ねた。

おすずの父親である瓦職人の安吉は、若い頃に酒と博奕に明け暮れて借金を作っていた。女衒の吉五郎と利吉は、安吉の焦げ付いた五両の借用証文を金貸しから三両で買い、利息を入れて二十両として取り立てを始めた。だが、安吉に返す金はなく、吉五郎と利吉は娘のおすずに身売りをさせようとした。

「吉五郎たちは、最初からおすず坊の身売りを企《たくら》んでいたんですよ」

大家は吐き棄てた。

「五両を二十両とは、汚い真似を……」

倫太郎は怒りを滲ませた。

「まったくです。安吉は、元はといえば若い頃の自分のせいだと落ち込み、酒浸りになっちまって、おかみさんも大変ですよ」

「ところで大家さん、安吉の娘はおすず坊だけなのですか」

「ええ……」

「上には、おすず坊に姉さんはいないのですか、二十歳ぐらいの……」

「倅はいましたが、姉さんはいませんよ」

大家は眉をひそめた。

「いない……」

おすずと利吉が追っていた若い娘は、何の関わりもないのか……。

倫太郎は、己の睨みが外れたのに落胆した。

「倅ってのは……」

「酒浸りの安吉と大喧嘩をして家出をしちまいましたよ。今は生きているのか死んでいるのか……」

おすずには生死不明の兄貴がいた。

「そういえば、おすず坊が姉のように慕っていた娘はいましたよ」

「姉のように慕っていた娘ですか……」

「ええ。娘の方もおすずを妹のように可愛がっていましてね。まるで本当の姉妹のようでしたよ」

「その娘、何処の誰です」

「昔、忠兵衛長屋に住んでいましてね。おふみという娘ですよ」

「おふみ……」

刺された利吉が、死ぬ間際に言い残した名前だった。

「そのおふみ、今も忠兵衛長屋で暮らしているんですか」

倫太郎は身を乗り出した。

「いえ。日本橋のお店に奉公していましてね。二親《ふたおや》を病で亡くしてから、日本橋の方に越しましたよ」

「日本橋のお店、何て店ですか」

「確か室町の呉服屋の越乃屋さんだったと思います」

「室町の呉服屋越乃屋……」

利吉が言い残した〝おふみ〟が、おすずを妹のように可愛がっていた〝おふみ〟に間違いはない。

倫太郎は、ようやく〝おふみ〟の正体を知った。


浜町堀に架かる千鳥橋の袂に船着場があり、船宿『若菜』があった。そして、『若菜』は丸に若の字の印を使っていた。

由松と勇次は、ようやく駒形堂の裏手から若い女を乗せて立ち去った猪牙舟を持つ船宿に辿《たど》り着いた。

勇次は船宿『若菜』を見張り、由松は聞き込みを始めた。

船宿『若菜』の船着場から屋根船や猪牙舟が忙しく出入りしていた。だが、三人いる船頭はみな中年であり、倫太郎が見た若い船頭はいなかった。

「どうだ……」

由松が聞き込みから戻った。

「そいつが、若い船頭はいないんですよ」

勇次は肩を落とした。

「出入りの商人に訊《き》いたんだが、友吉《ともきち》って若い船頭がいてな。四、五日前に猪牙舟で出掛けたまま帰らないそうだぜ」

「帰らないって、猪牙舟を持ち逃げしたって事ですか」

「ああ……」

船頭の友吉……。

「その友吉が、倫太郎さんが見た猪牙舟の若い船頭なんですかね」

「おそらく違いないだろう」

由松は頷いた。

そして、その友吉の周囲に利吉に追われていた若い女がいるのだ。

「どうします」

「こうなりゃあ、若菜の女将さんに直に当たるしかないさ」

由松と勇次は、船宿『若菜』に向かった。

日本橋の通りには人々が忙しく行き交っていた。

呉服屋『越乃屋』は、日本橋の北詰の室町一丁目にあった。

倫太郎は、『越乃屋』の店内の帳場の隅に腰掛け、女客で賑わう店内を眺めながら茶を啜った。

「お待たせいたしました。番頭の仁兵衛にございます。北町奉行所の大久保さまの甥御さまにございますか」

「はい。夏目倫太郎と申します」

「これはご丁寧に畏れ入ります。で、夏目さま。ご用とは……」

「番頭さん、奉公人におふみという娘がいると聞いたが……」

「おふみにございますか」

番頭は眉をひそめた。

「ええ。いますか……」

「夏目さま、おふみが何か仕出かしたのでございますか」

番頭は不安を浮かべた。

「いや。少々訊きたい事があるだけです」

倫太郎は言葉を濁した。

「そうですか……」

「うん。で、おふみは……」

「それが、おふみは身体の具合が悪いからと、五日前から休んでいるんです」

「休んでいる……」

倫太郎は戸惑った。

「はい」

「おふみは住み込みではないのですか」

「ええ、通いの奉公人にございます」

「そうでしたか、で、おふみの住まいは何処ですか」

おふみは病を装って店を休み、利吉を探っていた。そして、まだ何かを企てているのかもしれない。

「小舟町一丁目の堀留長屋ですが……」

小舟町は日本橋室町の東にあり、日本橋の架かる日本橋川に続く西堀留川の傍で遠くはない。

倫太郎は、番頭の仁兵衛に礼を述べて呉服屋『越乃屋』を後にした。

三

浜町河岸には三味線の爪弾きが零れていた。

「本当に冗談じゃありませんよ。行く処もなく腹を空《す》かしていたのを助けてやったってのに。もう、飼い犬に手を噛《か》まれたってやつですよ」

船宿『若菜』の女将は、眉を逆立てて吐き棄てた。

「って事は女将さん、友吉ってのは……」

由松は眉をひそめた。

「かれこれ十年前ですか、町内の使い走りをして駄賃を稼いでいたのを拾って一人前の船頭にしてやったんですよ」

「十年前といいますと、友吉は……」

「十二、三歳でしたか。友吉、孤児だったんですよ」

「孤児……」

「それで、なくなったうちの旦那が哀れみましてねえ。真面目で働き者だと思って喜んでいたのに……」

女将さんは悔しさを露《あら》わにした。

「友吉、何処の生まれか聞いていますか」

「下総《しもうさ》の方だと聞いていますが、こうなると本当かどうか分かりゃあしませんよ」

裏切られた女将は、友吉の何もかもが信用出来なくなっていた。


由松と勇次は、帳場を出て船着場に廻り、居合わせた中年の船頭に友吉の遊び仲間の事を尋ねた。

「友吉ですか……」

「ええ。どんな奴と付き合っていたか分かりませんかい」

「そいつが、友吉は見た目より真っ当な奴でしてね。博奕や女遊びもせず、酒をちょいと飲むぐらいで、妙な仲間はいないと思っていましたけど……」

中年の船頭は戸惑いをみせていた。

「女はどうでした」

由松は尋ねた。

「時々、幼馴染みだって若い女が訪ねて来ていましたよ」

「幼馴染み……」

「ええ。お店奉公でもしているような娘でね。そういえば、あの娘が血相を変えて来てから友吉の様子が何となく変わったかな」

中年の船頭は首を捻った。

「幼馴染みの娘が血相を変えてきたのは、いつ頃の事ですかい」

「確か十日ぐらい前だったぜ」

「十日ぐらい前……」

十日ほど前、幼馴染みの娘は血相を変えて友吉を訪れた。以来、友吉は様子が変わり、『若菜』の猪牙舟に乗って姿を消した。

幼馴染みの娘が、利吉に追われていた若い女なのだ。

「孤児の友吉の幼馴染みですか……」

勇次は、夕陽に染まり始めた浜町堀を眩しげに眺めた。

小舟町一丁目にある堀留長屋は、西堀留川の傍にあった。

倫太郎は、堀留長屋のおふみの家の腰高障子を静かに叩いた。だが、家の中から返事はなく、おふみは留守だった。

おふみは、何処で何をしようとしているのだ……。

倫太郎は、微かな焦りを覚えた。


隅田川は夕闇に覆われていく。

花川戸町の女衒の吉五郎の家は静けさに包まれ、時々配下の若い衆が表を見廻っていた。

「随分、警戒をしているな」

幸吉と雲海坊は、斜向かいの蕎麦屋の小部屋から吉五郎の家を見張っていた。

「利吉に続いて、命を狙われる覚えがあるんだぜ」

雲海坊はせせら笑った。

「身から出た錆《さび》か……」

「ああ。人を泣かしてきた罰が当たっているんだ」

雲海坊は猪口の酒を啜った。

「雲海坊……」

窓の外を窺っていた幸吉が、眉をひそめて呼んだ。雲海坊は窓を覗いた。

吉五郎の家の前に女が佇んでいた。

「まさか……」

倫太郎が見た若い女なのかも知れない。

「行くぜ」

幸吉と雲海坊は蕎麦屋を出た。


吉五郎の家の前にいた女は、すでに姿を消していた。

幸吉と雲海坊は、二手に分かれて辺りに女を捜した。

雲海坊は、路地を駆け抜けて隅田川の岸辺に出た。女は、船着場で猪牙舟に乗り込もうとしていた。雲海坊は、薄汚れた衣を翻して船着場に走った。

猪牙舟は女を乗せて船着場を離れた。雲海坊は船着場に駆け付けた。女は振り返り、雲海坊を一瞥した。

女は若い……。

雲海坊は見届けた。

若い女を乗せた猪牙舟は隅田川を下り、吾妻橋を潜って夜の闇に去った。

若い女と猪牙舟は、倫太郎が駒形堂の傍で見たものなのだ。だが、雲海坊は見送るしかなかった。


酒は五体に染み渡った。

倫太郎は、日本橋青物町の居酒屋『角や』の小座敷で鶴次郎、由松、勇次と酒を酌み交しながら探った事を話し合った。

首を括ったおすず……。

姉妹のように仲の良かったおふみ……。

船頭の友吉……。

利吉殺しには、それらの者たちが深く関わっている。

おふみは、おすずを首括りに追い込んだ利吉を恨み、その身辺を探った。だが、利吉に気付かれて追われ、刺し殺して友吉の猪牙舟で逃げた。

倫太郎たちはそう睨んだ。

「そして、おふみはまだ何かをしようとしている……」

「利吉の次は、女衒の吉五郎の命を狙っていますか……」

鶴次郎は吐息を洩らした。

「きっと……」

倫太郎は頷いた。

「ですが、これ以上おふみに人殺しをさせてはなりません」

倫太郎は、己に言い聞かせるように告げた。

「私はおふみを探します」

「あっしと勇次は、明日も友吉の行方を追ってみますぜ」

由松の言葉に勇次は頷いた。

「じゃあ、あっしは吉五郎の身辺を見張りますか」

鶴次郎も明日からの動きを決めた。

「お願いします」

八丁堀北島町と西堀留川の小舟町は遠くはない。倫太郎は夜が明け次第、堀留長屋に行く事にした。

「それにしても由松。下総生まれの孤児の友吉が、小梅瓦町の長屋で育ったおふみと幼馴染みってのはどういう事かな」

鶴次郎は首を捻った。

「そうですね。若菜の女将さんの云う通り、友吉の野郎、いい加減な事を云っているのかも知れません」

「やっぱり出鱈目《でたらめ》ですかね。おふみと幼馴染みってのは……」

勇次は眉をひそめた。

「きっとな……」

由松は頷き、猪口の酒を呷《あお》った。

幼馴染みじゃあないなら、友吉とおふみはいつ何処で出逢ったのか……。

倫太郎は思いを巡らせた。


江戸湊は夜明けを迎えた。

倫太郎は、日本橋川に架かる江戸橋を渡って小舟町の堀留長屋に向かった。時々、早出仕事の人足や職人と擦れ違った。

倫太郎は木戸に潜み、堀留長屋の様子を窺った。

堀留長屋の家々は、仕事に出掛ける亭主の仕度に忙しい朝を迎えようとしていた。

おふみは家に戻っているのか……。

倫太郎はおふみの家を見つめた。

不意におふみの家の腰高障子が動いた。倫太郎は慌てて木戸に隠れた。おふみの家の腰高障子が僅かに開かれた。そして、おふみが顔を出し、辺りを窺った。

おふみ……。

利吉に追われていた若い女は、やはりおふみだった。

倫太郎は、おふみを見守った。

おふみは風呂敷包みを抱え、長屋の井戸端に人がいないのを確かめて足早に家を出た。

倫太郎は物陰伝いに追った。

風呂敷包みを抱えたおふみは、西堀留川沿いの道を日本橋川に向かった。

倫太郎は追った。

西堀留川は日本橋川に繋がっている。おふみは西堀留川に架かる中の橋の橋詰を過ぎ、荒布橋《あらめ》に進んだ。そして、日本橋と合流する処にある荒布橋の船着場に佇んだ。

倫太郎は、荒布橋の袂からおふみを窺った。

おふみは船着場に佇み、日本橋川を眺めていた。

日本橋川には荷船が行き交い、仕事に行く人が江戸橋を渡っていた。

おふみは、日本橋川から来る猪牙舟を待っている……。

倫太郎は睨んだ。

猪牙舟に乗られては、追う手立てもなく見失ってしまう。

倫太郎は焦り、覚悟を決めて荒布橋の袂から出た。

日本橋川を見ていたおふみは、倫太郎の気配を感じて怪訝に振り返った。

「越乃屋に奉公しているおふみさんだね」

倫太郎は声を掛けた。

おふみは、満面に緊張を浮かべた。

「お、お侍さまは……」

おふみは微かに震えた。

「私は夏目倫太郎、戯作者だよ」

「戯作者……」

おふみは戸惑いを浮かべた。

「うん。草双紙のね」

倫太郎は微笑んだ。

「それで夏目さま、私に何か……」

おふみは身構えた。

「おふみさん、女衒の利吉を殺めたのはお前さんなのかい」

倫太郎は、静かに斬り込んだ。

おふみは、倫太郎を正面から見つめた。その眼には、怯えも誤魔化そうとする狡猾さもなかった。

「夏目さま、女衒の利吉が何をしたかご存知ですか」

「うん。小梅瓦町の忠兵衛長屋に住んでいたおすずを首括りに追い込んだ」

「そうです。利吉たちは、最初からおすずちゃんを借金の形《かた》に女郎に身売りさせようとしたんです。だからおすずちゃん、可哀想に首を括って……。利吉たちは人間じゃあない、非道な獣なんです」

おふみは、倫太郎を睨みつけた。そこには、哀しみを乗り越えた怒りがあった。

「おふみさん、気持ちはよく分かる。しかし、だからといって殺していいわけじゃあない」

倫太郎は、哀しげに眉をひそめて首を横に振った。

「じゃあ夏目さま、お上はおすずちゃんを首括りに追い込んだ利吉たちをお仕置してくれるのですか」

おふみは、込み上げる怒りを倫太郎にぶつけた。

おふみの云う通り、町奉行所が利吉たちを捕らえて仕置するはずはない。

倫太郎は返事に詰まった。

陽は昇り、日本橋川の流れをきらきらと輝かせた。そして、江戸橋の下の船着場に猪牙舟が着いた。

「お上が何もしてくれないから、私たちがやるしかないのです」

おふみは、日本橋の流れの煌めきを背にして言い放った。

「おふみさん。私たちってのは、お前さんと浜町河岸の船宿若菜の船頭の友吉だね」

「そうだね」

おふみは微かにうろたえた。

倫太郎は念を押した。

「知らない。友吉さんなんて私は知らない」

おふみは取り乱し、慌てて否定した。

倫太郎は、おふみが乗っている猪牙舟の船頭が友吉だと確信した。

「友吉とはどういう関わりなんですか……」

「知らない。友吉さんなんて本当に知りません」

おふみは微かに震え、風呂敷包みを握り締めて後退《あとずさ》りした。

「おふみさん、利吉の次は吉五郎を狙っているんですか」

倫太郎は問い詰めた。

おふみは、驚いたように眼を丸くした。

刹那、倫太郎は背後に殺気を感じて振り返った。棹《さお》が唸りをあげて横殴りに倫太郎に襲い掛かった。倫太郎は、咄嗟に身を沈めて躱した。棹は唸りをあげて倫太郎の頭上を通過した。倫太郎は立ち上がろうとした。だが、棹は反転し、再び倫太郎に迫った。倫太郎は、背後に飛んで躱しながら棹を振るう男を見定めた。

男は若い船頭だった。

友吉……。

倫太郎がそう思った時、棹が唸りをあげてまた迫ってきた。倫太郎は、背後に大きく跳んだ。しかし、着地した片方の足の下に船着場はなく、倫太郎は身体の均衡を大きく崩して西堀留川に落ちた。

水飛沫が大きく跳ね上がって煌めいた。

「おふみちゃん……」

友吉はおふみの手を引き、荒布橋を駆け渡って江戸橋に向かった。

倫太郎は、慌てて船着場に這い上がった。濡れた着物と袴は重く身体に纏《まと》わりついた。

友吉は、江戸橋の船着場に繋いであった猪牙舟におふみを乗せ、艫綱を解《ほど》いた。

「友吉、おふみ……」

倫太郎は焦った。だが、友吉は、おふみを乗せた猪牙舟を流れに漕ぎ出した。

倫太郎は、着物と袴から水を滴らせて日本橋川沿いの道を追った。

友吉の操る猪牙舟は、おふみを乗せて日本橋川を下って大川に向かっていた。流れに乗った猪牙舟の船足は速かった。

倫太郎は懸命に追った。だが、友吉とおふみの乗った猪牙舟は、鎧之渡を越えて流れの彼方《かなた》に消えて行った。

倫太郎は立ち止まり、息を整えながら己の迂闊《うかつ》さを悔やんだ。


八丁堀北島町の大久保屋敷は、下男の太吉が表門を開いて掃除をしていた。

「お早う、太吉」

倫太郎は、濡れた着物と袴で表門を潜った。

「こりゃあ倫太郎さま。あれ、どうされたんですか」

太吉は、ずぶ濡れの倫太郎に驚いた。

「う、うん。ちょいとな」

倫太郎は言葉を濁して井戸端に廻り、着物や袴を脱いで離れの自室で着替えた。

廊下に慌ただしい足音がして、結衣がやって来た。

「どうしたのよ、倫太郎さん」

結衣は、太吉に報らされてやって来たのだ。

「おお、結衣か。井戸端に濡れた着物と袴がある。洗濯をしてくれないか」

「それは構わないけど、朝っぱらからどうしたのよ」

「うん。実はな……」

倫太郎は、事の次第を結衣に話して聞かせた。

「流石の関口流柔術も跳んで躱した処に足場がなきゃあどうしようもないわね」

結衣は、込み上げる笑いを懸命に堪えた。

「笑い事じゃあないぞ、結衣」

倫太郎は、不愉快そうに結衣を睨み付けた。

「はいはい。じゃあ……」

結衣は、倫太郎の部屋を出た。そして、堪えていた笑いを洩らしながら井戸端に向かった。

「結衣の奴……」

倫太郎は腐り、大の字になった。

いずれにしろ、おふみと友吉はおすずの恨みを晴らそうと、利吉を殺して吉五郎の命も狙っている。

おふみとおすずの関わりは、はっきりしている。だが、船頭の友吉が、関わる理由は何なのだ。

友吉は、十二、三歳の時に船宿『若菜』の旦那に拾われ、船頭に育てられた孤児だ。だが、おふみと幼馴染みだとも云っている。

倫太郎は思いを巡らせ、ある睨みに行き当たって跳ね起きた。

まさか……。

倫太郎は、猛然と屋敷を飛び出した。

四

浅草花川戸町には、広小路の賑わいが響いて来ていた。

女衒の吉五郎の家は木戸を閉め、若い衆が時々周囲の見廻りをしていた。

鶴次郎は、吉五郎の家の周囲におふみや友吉の姿を探した。だが、おふみや友吉の姿はなかった。

聞き覚えのある経が背後から聞こえた。

鶴次郎は振り返った。

古い饅頭笠を被った托鉢坊主の雲海坊が、経を読みながら鶴次郎に向かってやって来た。

「斜向かいの蕎麦屋に幸吉っつぁんがいます」

雲海坊は擦れ違いざまに囁いた。

鶴次郎は頷き、斜向かいの蕎麦屋に急いだ。

蕎麦屋の店内には出汁《だし》の匂いが漂っていた。

「いらっしゃい」

蕎麦屋の亭主は、鶴次郎を迎えて奥の小部屋を示した。鶴次郎は小部屋にあがった。

「鶴次郎さん……」

幸吉が窓辺で鶴次郎を迎えた。

「やあ、ご苦労だね、幸吉」

「いいえ……」

鶴次郎は幸吉のいる窓辺に座り、斜向かいに見える吉五郎の家を窺った。

「若い者が見廻り、なかなか厳しく警戒していますぜ」

幸吉は、茶を淹れて鶴次郎に差し出した。

「すまないね。いただくよ」

鶴次郎は茶を啜った。

「ところでそっちの探索はどうですかい」

「それなんだがな……」

鶴次郎は、倫太郎や由松たちの探索情況を話し始めた。

本所小梅瓦町の忠兵衛長屋は、朝の忙しさも終わって静けさに包まれていた。

倫太郎は、おすずの父親で瓦職人の安吉の家を訪れた。安吉は、仕事にも行かずに酔い潰れていた。

　倫太郎は、安吉を揺り起こした。

「何だ、お前さん……」

　安吉は、酒に赤く濁った眼と酒臭い息を倫太郎に向けた。

「私は夏目倫太郎といいます。安吉さん、お前さんには倅がいたな」

「倅……」

　安吉は眉をひそめた。

「うん。大昔、酒浸りのお前さんに愛想を尽かし出て行った倅だ」

「ああ。そういえばいたな、そんな倅が……」

「その倅、何て名前です」

「さあ。倅なんぞ、とっくに野垂れ死にしているさ」

　安吉は吐き棄てた。

「野垂れ死にしててもいい。倅の名前を教えてくれ」

「そういえば、おすずも友吉も俺のせいで死んだんだ」

　安吉は鼻水を啜った。

倅は友吉……。

「友吉。倅は友吉っていうんですね」

船頭の友吉は、安吉の家出した倅であり、おすずの兄だった。おふみも子供の頃から忠兵衛長屋で育ち、友吉とは幼馴染みなのに間違いないのだ。

倫太郎の睨みは当たった。

「俺が殺したようなもんだ。友吉もおすずも俺が酒浸りの大馬鹿だったから死んだようなもんなんだ。俺が殺しちまったんだ」

安吉は、友吉が死んでいると思い込み、己を責めて激しく泣き始めた。

友吉は生きている。だが、利吉を殺し、吉五郎を手に掛けるなら厳しい仕置きが待っているのだ。倫太郎は、安吉に友吉が生きているのを話すのを躊躇った。

「安吉さん、友吉やおすずに済まないと詫びる気持ちがあるなら、酒はもう止《や》めるんですね」

倫太郎は、安吉に言い聞かせて忠兵衛長屋を後にした。

大川、神田川、日本橋川、本所竪川、小名木川、仙台堀……。

江戸には大川を中心に大小様々な川と堀割が幾つもある。

由松と勇次は、弥平次と相談して江戸の船宿の船頭に触れを廻し、友吉と猪牙舟の行方を追っていた。だが、江戸の堀割は、名の無いものも入れれば数え切れないほどにある。友吉と猪牙舟は、なかなか見つけられなかった。そんな時、京橋の船宿の船頭が、本所竪川で猪牙舟を漕ぐ友吉を見掛けた。

「本所竪川か……」

本所と女衒の吉五郎の暮らす浅草花川戸町は、大川を挟んで遠くはない。

おふみと友吉は、本所深川の何処かに潜んでいるのかも知れない。

「とにかく行ってみましょう」

勇次は由松を猪牙舟に乗せ、大川を横切って本所に急いだ。

倫太郎は、浅草花川戸町の女衒の吉五郎の家を見つめた。

吉五郎の家に変わった様子は窺えなかった。

だが、おふみと友吉は何処からかこの家を見張っている……。

倫太郎は辺りを見廻した。

幸吉が、斜向かいの蕎麦屋からやって来た。

「幸吉さん……」

「鶴次郎さんもいます」

幸吉は、倫太郎を蕎麦屋に案内した。

「やあ……」

倫太郎は、蕎麦屋の奥の小部屋にあがった。

「お待ちしていましたよ」

鶴次郎は、倫太郎に茶を淹れて差し出した。

「吉五郎の家の裏は、雲海坊が見張っています」

「そうですか……」

「それで倫太郎さんの方は……」

「友吉の素性がようやく分かりました」

倫太郎は、船頭の友吉が子供の頃に家出したおすずの兄だと報せた。

「そうでしたか、友吉はおすずの兄貴でしたか……」

「ええ……」

倫太郎は茶を啜った。

「でしたら幼馴染みに違いありませんか……」

幸吉は吐息を洩らした。そして、倫太郎は荒布橋でおふみと友吉に逃げられたと告げた。

「そいつは酷い目に遭いましたね」

「いいえ。あの時、逃がさなければみんなにもこれ以上の造作を掛けずに済んだのに、申し訳ありません」

倫太郎は、己の不甲斐なさを詫びた。

「いいえ……」

鶴次郎と幸吉は苦笑した。

百姓の老爺は、野菜を入れた竹籠を背負って吉五郎の家の裏木戸を叩いた。

雲海坊は物陰から見守った。

裏木戸が開き、若い衆の留吉が顔を出して百姓の老爺を睨み付けた。

老爺は苦笑し、留吉に結び文を差し出した。

「なんだこりゃあ」

留吉は眉をひそめた。

「分からねえか、見ての通りの結び文だ」

百姓の老爺は、鼻先に薄笑いを浮かべた。

「爺い……」

留吉は怒りを滲ませた。

「若い女に頼まれた……」

百姓の老爺は、留吉の機先を制した。

「なんだと……」

留吉は、百姓の老爺から結び文をひったくった。

「ちょっと待っていろ」

留吉は百姓の老爺を残し、家の中に戻って行った。

「馬鹿、待っているほど、暇じゃあねえ」

百姓の老爺は嘲笑い、そそくさと裏木戸から立ち去った。

百姓の老爺を追うか、吉五郎の様子を見届けるか……。

雲海坊は迷った。そして、吉五郎の様子を見届ける事にした。

留吉が裏木戸に戻って来た。だが、百姓の老爺はすでに立ち去っていた。留吉は、慌てて裏木戸から出て来て辺りを見廻した。

「爺い……」

留吉は、腹立たしげに吐き棄てて家に戻った。

おそらく結び文はおふみからのものだ。

雲海坊は、結び文の内容が知りたかった。


結び文には、『暮六つ、大川竹町之渡に吉五郎一人で五十両を持って来い、さもなければ家の火事に気をつけろ』と書かれていた。

「火事……」

吉五郎は蒼ざめた。

失火の罪は軽く、火元の者はその土地に住みにくくなるだけだが、それが大火の元になれば只では済まない。たとえ放火だと判明しても、その理由が厳しく問い質される。そして、放火された理由が、おすずを首括りに追い込んだ吉五郎の行動にあるとなれば、場合によっては厳しく追及され、御禁制の人身売買で死罪になる事もある。

いずれにしろ、家が火事になれば無事には済まないのだ。

毎日、昼も夜も見張ってはいられない。火は僅かな時でいつでも付けられる。

「畜生……」

吉五郎は顔を醜く歪めた。

「親方……」

手下の仁助が眉をひそめた。

「親方、百姓の爺い、逃げやがった」

若い衆の留吉が裏木戸から戻って来た。

「馬鹿野郎」

吉五郎は、腹立ち紛れに留吉を殴り飛ばした。留吉は悲鳴をあげて倒れた。

吉五郎が動く……。

倫太郎、鶴次郎、幸吉は、雲海坊の報せを受けてそう判断した。

「さあて、おふみと友吉。どう云ってきたのかだな……」

鶴次郎は眉をひそめた。

「留吉って三下野郎がいます。締め上げてみますかい」

雲海坊は嘲りを浮かべた。

「出来るかな」

幸吉は眉をひそめた。

「ああ。きっとな……」

「よし。倫太郎さん、鶴次郎さん、あっしと雲海坊に任せてください」

幸吉は、雲海坊と一緒に蕎麦屋を出て行った。

「倫太郎さん。おふみと友吉、吉五郎を殺してからどうするつもりなんでしょうね」

鶴次郎は首を捻った。

「さあ。今更、越乃屋や若菜に戻るわけにもいかないでしょうね」

倫太郎は眉をひそめた。

「だとしたら、後は……」

鶴次郎は、後に続く言葉を茶と一緒に飲み込んだ。

「鶴次郎さん……」

倫太郎は、鶴次郎の飲み込んだ言葉に思いを馳せた。

雲海坊の読む経は、吉五郎の家の裏木戸に響いた。

吉五郎の家からは誰も現れず、雲海坊はしつこく経を読んだ。そして、留吉が腹立たしげな面持ちでようやく出て来た。

「煩せえぞ、糞坊主」

留吉は怒鳴った。雲海坊は構わず経を読み続けた。

「糞坊主、止めろと云ってんだ」

留吉は、裏木戸から出て来て雲海坊に殴り掛かった。だが、一瞬早く、雲海坊の錫杖が留吉の鳩尾《みぞおち》に叩き込まれた。留吉は眼を丸くして腹を抱え、その場に崩れた。

幸吉が駆け寄り、雲海坊と一緒に崩れた留吉を連れ去った。

潰れた酒屋の蔵は床や壁も崩れ落ち、今にも倒れそうだった。

幸吉と雲海坊は、留吉を後ろ手に縛り上げて締め上げた。

「何だ、手前ら……」

留吉は恐怖に震えた。

「煩せえ、留吉。おふみたちは、吉五郎に何て云ってきたんだ」

雲海坊は、留吉を冷たく見据えた。

「知らねえ。俺は何も知らねえ」

留吉は、満面に怯えを滲ませた。

「馬鹿野郎、知らねえとは云わせねえぞ」

幸吉は、留吉の頰をひっ叩《ぱた》いた。

「どうしても知らないと言い張るなら、このまま大川に放り込んでもいいんだぜ」

「南無阿弥陀仏、南無阿弥陀仏……」

雲海坊は、脅すように不気味な声で経を唱えた。

「云う。何でも云います」

留吉は、脂汗を滲ませ息を荒く鳴らした。

「よし。じゃあ、おふみが何て云ってきたのか話して貰おうか……」

「今日の暮六つ、吉五郎の親方一人で竹町之渡に五十両を持って来いと……」

「暮六つに竹町之渡……」

「間違いねえんだな」

「へい。来ない時には、家が火事になると」

「火事……」

幸吉と雲海坊は思わず顔を見合わせた。

「火元になったら只じゃあすまねえ。それで親方、竹町之渡に行くと……。本当だ、信用してくれ」

留吉は声に涙を滲ませた。

「竹町之渡か……」

「うん。どうするつもりかな……」

「いずれにしろ舟だな」

「ああ。よし留吉、おふみの一件の始末が着くまで大番屋に入ってもらうぜ」

幸吉は、十手を出して見せた。

「岡っ引……」

留吉は、眼を丸くして言葉を失った。

竹町之渡は駒形町の隣の材木町にあり、吾妻橋の近くだ。

「暮六つ、竹町之渡に吉五郎一人で来いか……」

倫太郎は、蕎麦屋の奥の小部屋の窓辺で呟いた。

「おふみと友吉は、きっと猪牙舟で来るのでしょう」

鶴次郎は睨んだ。

「あっしもそう思い、うちの親分に舟を出してくれるように頼みました」

幸吉は告げた。

「そりゃあ助かります」

倫太郎は喜んだ。

「それより吉五郎の奴、一人で竹町之渡に行きますかね」

「いや。薄汚い野郎だ。手下を連れて行くのに決まっているさ」

鶴次郎は苦笑した。

「じゃあどうします」

幸吉は眉をひそめた。

「鶴次郎さん、幸吉さん、私はおふみと友吉にこれ以上の罪を重ねさせたくはありません。ですが、おすずに対する二人の思いも遂げさせてやりたい……」

倫太郎は、己の思いを正直に告げた。

「倫太郎さん、そいつはあっしたちも同じです。なあ、幸吉」

「はい。鶴次郎さんの仰る通りです」

鶴次郎の言葉に幸吉も頷いた。

「じゃあどうするかは、とにかくおふみと友吉の出方を見てからにしましょう」

倫太郎は決めた。

鶴次郎と幸吉は頷いた。

「幸吉の兄貴……」

襖の向こうに由松の声がした。

「おう、由松か、入ってくれ」

「ご免なすって……」

由松と勇次が襖を開けて入って来た。

暮六つ（午後六時）が近づいた。

女衒の吉五郎は、仁助を従えて竹町之渡に向かった。

鶴次郎と幸吉は追った。

吉五郎たちは、吾妻橋の西詰、浅草広小路を横切った。広小路から吾妻橋には、仕事を終えて家路についた人たちが行き交っていた。

大川は夕暮れに包まれ、竹町之渡し場に人気《ひとけ》や舟影はなかった。

吉五郎と仁助は、竹町之渡が見通せる物陰に入った。先に来ていた二人の若い衆が、吉五郎たちに駆け寄った。

「妙な奴らは来ていませんぜ」

若い衆は報告した。

「よし、暮六つになったら俺は船着場に行く。お前たちはいつでも飛び出せるようにしておきな」

吉五郎は命じた。

「へい。承知しました」

仁助と二人の若い衆は頷いた。

「ところで仁助、留吉の野郎はどうしたんだ」

吉五郎は眉をひそめた。

「親方にどやされて、百姓の爺いでも探しに行ったんですぜ」

仁助は嘲笑した。

「馬鹿野郎が……」

吉五郎は苦笑した。


鶴次郎と幸吉は、物陰に潜んで吉五郎たちを見守った。

雲海坊が背後に現れた。

「吉五郎、若い奴らに下調べをさせて、慎重な野郎ですぜ」

雲海坊は苦笑した。

「で、倫太郎さんは……」

幸吉は、夕暮れの船着場を透かし見た。

「由松と一緒に勇次の猪牙に乗っていますよ」

「そうか……」

おふみと友吉は、猪牙舟に乗って大川から来る……。

倫太郎はそう睨み、勇次の猪牙舟に乗り込んでいた。

「暮六つ待ちか……」

鶴次郎は、吉五郎たちを見据えた。

大川の流れに船行燈の明かりが映え、浅草寺の鐘が暮六つを告げた。


吉五郎は、仁助と二人の若い衆を残して渡し場に進み、船着場に佇んだ。

仁助たちは喉を鳴らして見守った。

鶴次郎、幸吉、雲海坊は辺りを窺った。

僅かな時が過ぎ、渡し場に猪牙舟がやって来た。猪牙舟には船頭の影しか見えなかった。

吉五郎は眉をひそめ、背後にいる仁助たちを一瞥した。

猪牙舟は船着場に船縁を寄せた。そして、手拭で頰被りをした船頭の友吉が、船行燈を吉五郎の顔に突き付けた。

「何しやがる」

吉五郎は思わず顔を背けた。刹那、友吉が吉五郎の手を摑み、猪牙舟に引っ張り込んだ。

吉五郎は、驚きながら猪牙舟に倒れ込んだ。同時に舟底で筵《むしろ》を被っていたおふみが、吉五郎に匕首を突き付けた。吉五郎は凍《い》てついた。

「親方」

仁助と二人の若い衆が、血相を変えて飛び出した。

「手下を押さえる」

鶴次郎、幸吉、雲海坊が猛然と走り出た。

友吉は、おふみと吉五郎を乗せた猪牙舟を漕ぎ出した。

「この女《あま》……」

吉五郎は、懸命に起き上がろうとした。おふみは匕首を突き出した。吉五郎の頬が切り裂かれ、鮮血が飛び散った。

吉五郎は、眼を丸くして言葉を失った。

「暴れると次は首を刺す……」

おふみは冷たく囁いた。囁きには殺意が満ち溢れていた。

鶴次郎、幸吉、雲海坊は、仁助と二人の若い衆に襲い掛かった。

「何だ手前ら」

仁助たちは喚き、抗《あらが》った。

「神妙にしやがれ」

鶴次郎、幸吉、雲海坊は、仁助と二人の若い衆を容赦なく叩きのめした。

友吉の猪牙舟は吾妻橋を潜り、隅田川を遡って向島に進んだ。

背後から船行燈を灯さない猪牙舟が、音も立てずに追跡していた。倫太郎と由松を乗せた勇次の操る猪牙舟だった。

友吉は、猪牙舟を向島の寺島村の渡し場に着けた。

「手前ら……」

吉五郎は顔半分を血に染め、友吉とおふみを睨み付けた。

「吉五郎、よくも五両借りた古証文を利息が増えて二十両だと書き換え、おすずを女郎屋に売り飛ばそうとしやがったな」

友吉は、吉五郎の顔を張り飛ばした。吉五郎は頰から血を飛ばし、船底に叩き付けられた。

「誰がそんな事……」

吉五郎は顔を歪め、血の混じった唾を吐いた。

「利吉ですよ。利吉が何もかも教えてくれたんですよ」

おふみが冷たく告げた。

「五十両持って来た。だから命だけは……」

吉五郎は、恥も外聞もなく命乞いをした。

「金なんぞいらねえ。欲しいのはおすずに手向《たむ》ける手前の命だ」

友吉は、吉五郎に摑み掛かった。吉五郎は咄嗟におふみを突き飛ばし、猪牙舟の艫に逃げて懐から匕首を抜いた。

「来るな。来るとぶち殺す」

吉五郎は、血に染まった顔で叫んだ。

その時、龕灯《がんどう》の明かりが照らされ、勇次の猪牙舟が隣に滑るように並んだ。猪牙舟には倫太郎と由松が、龕灯を手にしていた。

友吉とおふみは、倫太郎の出現に驚いた。

「友吉、おふみ、吉五郎のあくどいやり口はよく分かった。もういい。後は私たちに任せてくれ」

倫太郎は、おふみと友吉に吉五郎を殺すのを思い止《とど》まらせようとした。

「人殺しだ。こいつらは駒形堂で利吉を殺した人殺しだ」

吉五郎は、醜く顔を歪めて叫んだ。

「人殺しは手前だ」

友吉は吉五郎に跳び掛かり、その首を両手で締めた。吉五郎は、反射的に友吉の腹に匕首を叩き込んだ。

「友吉さん」

おふみが悲鳴のように叫んだ。

吉五郎は、苦しくもがきながら友吉の腹を匕首で抉った。友吉は、腹から血を滴らせて吉五郎の首に指を食い込ませた。友吉と吉五郎は、激しく殺し合った。

「止めろ友吉、吉五郎」

倫太郎は、猪牙舟を乗り移ろうとした。その時、友吉と吉五郎は揉み合いながら隅田川に転落した。

「友吉さん……」

水飛沫が月明かりに煌めいた。

おふみは叫んだ。

友吉と吉五郎は、組み合ったまま下流に流された。

倫太郎は隅田川に飛び込んだ。

「勇次、下流だ」

「合点だ」

勇次は、猪牙舟の舳先を下流に廻した。由松は、隅田川の流れを龕灯で照らし、友吉と吉五郎を捜した。

倫太郎は、隅田川に潜って友吉と吉五郎を捜した。だが、二人の姿は見つからなかった。

「友吉さん、友吉さん……」

おふみの声が夜の隅田川に虚しく響いた。

報せを受けた柳橋の弥平次は、月番の南町奉行所に人を走らせて大川に船を出した。

南町奉行所の当番方与力は、補佐役の同心に大川一帯の捜索を命じた。

倫太郎、由松、勇次は、鶴次郎、幸吉、雲海坊と合流して友吉と吉五郎を捜し続けた。

おふみは、お縄になるのを覚悟で倫太郎たちと友吉を捜した。だが、友吉と吉五郎を見つける事は出来なかった。

夜が明けた。

友吉と吉五郎の死体は、南町奉行所の役人たちによって永代橋の橋桁《はしげた》に引っ掛かっているところを発見された。友吉の両手の指は、吉五郎の首に深く食い込んだまま硬直していた。

倫太郎は、弥平次からの報せをおふみに告げた。

「何処ですか……」

おふみは、友吉の死をすでに覚悟しており、取り乱す事はなかった。

「友吉さんは何処にいます」

「永代橋の船番所です」

倫太郎は教えた。

「そうですか、いろいろお世話になりました」

おふみは、倫太郎に頭を下げて立ち上がった。

「おふみさん……」

倫太郎は呼び止めた。

「はい……」

「友吉は、妹のおすずを首括りに追い込んだ利吉を刺し殺し、女衒の吉五郎と刺し違えて死んだ。南町奉行所の与力や同心たちはそう思っている」

おふみは倫太郎を見つめた。

「ここで友吉に手を合わせても、誰も咎めはしません」

友吉の死体が収容されている船番所に行けば、おふみは詳しい事情を訊かれて己の関わりを認めてしまう。

倫太郎は、それとなくおふみに姿を消すように勧めたのだ。

「夏目さま……」

おふみは穏やかに微笑んだ。そこには、何もかも棄て切った潔さと清々しさが溢れていた。

倫太郎に言葉はなかった。

おふみは、倫太郎に深々と頭を下げて永代橋の船番所に向かった。

女衒の利吉殺しは終わった。


日本橋通油町の地本問屋『鶴喜』から黄表紙が出版された。

黄表紙の外題は『恨み舟乙女涙の女衒地獄』と記されていた。そして、戯作者は〝閻魔亭居候〟だった。

黄表紙『恨み舟乙女涙の女衒地獄』には、古い借用証文を細工して娘を女郎屋に売り飛ばす悪辣非道な女衒が、被害者の兄とその恋人に復讐される物語であった。

『恨み舟乙女涙の女衒地獄』は、女衒の吉五郎と利吉殺しに似ていると評判を呼び、その内容こそが事件の真相と囁かれ、友吉とおふみに世間の同情が集まった。

一月《ひとつき》後、利吉殺しで調べられていたおふみに裁きが下った。

裁きは、江戸十里四方追放の刑だった。江戸十里四方とは、日本橋を基点にして半径五里を云った。

世間は、おふみが遠島や死罪にならなかったのを喜んだ。

そこには、〝閻魔亭居候〟の書いた『恨み舟乙女涙の女衒地獄』の影響があったのは云うまでもない。

おふみは、江戸から立ち去った。

倫太郎は、おふみの幸せを祈らずにはいられなかった。

# 第四話　百合鷗

一

都鳥《みやこどり》が群れをなして霊岸島の空を飛ぶ季節になった。

倫太郎は、釣竿と鯊《はぜ》が数匹入った魚籠を持って亀島川に架かる高橋を渡り、八丁堀北島町の大久保屋敷に向かった。

都鳥と呼ばれる百合鷗《ゆりかもめ》は、亀島川の上を甲高く鳴きながら飛び廻っていた。

倫太郎は、亀島町川岸通りを日本橋川に向かって進んだ。行く手の亀島橋の上に質素な姿の武家女が佇んでいた。佇む武家女は、空を舞う都鳥を哀しげに眺めていた。

倫太郎は、武家女を横目にして亀島橋を通り過ぎた。

哀しげに都鳥を眺める武家の女は、界隈で初めて見る顔だった。

都鳥は甲高く鳴きながら舞った。


足音が近づいて来た。

拙い、伯父上だ……。

倫太郎は、猛然と飛び起きて手拭と房楊枝を握り締めた。そして、離れの自室を飛び出し、井戸端に走った。

廊下を来た結衣は、眼の前を飛び出していった倫太郎に驚いた。

私を父上と勘違いした……。

結衣は腹を抱えて笑った。


「では、行って参る」

北町奉行所与力の大久保忠左衛門は、妻の加代の差し出した大刀を腰に差し、下男の太吉を従えて組屋敷を出た。

「いってらっしゃいませ」

「お気をつけて……」

加代と結衣、そして倫太郎が、出仕する忠左衛門を式台で見送った。

「さあ、一休み、一休み……」

加代は、緊張から解き放たれた面持ちで居間に引き取った。

「さあて、今日はどうするか……」

倫太郎は、大欠伸をしながら背伸びをした。

「暇なら、偶《たま》には自分で部屋の掃除と洗濯でもするのね」

結衣はからかうように云い、台所に入って行った。

「いや。暇じゃありませんよ。暇じゃあ……」

屋敷で暇を持て余していたら、何をさせられるか分からない。

倫太郎は、早々に出掛ける事にした。

大久保屋敷を出た倫太郎は、組屋敷街を楓川に向かった。楓川を渡ると日本橋だ。

倫太郎は、初秋の町をのんびりと進んで楓川に架かる海賊橋に差し掛かった。その時、楓川沿いの道を来た武家女が、風呂敷包みを抱えて足早に海賊橋を渡って行った。

昨日、都鳥を眺めていた武家の女……。

倫太郎は気づいた。

海賊橋を渡った武家女は、青物町を抜けて高札場のある日本橋の南詰に急いでいた。

倫太郎は、海賊橋を渡って青物町を抜けた。

武家の女は、風呂敷包みを胸に抱えて高札場の傍に佇んでいた。

高札場は庶民のための〝触れ〟や〝禁令〟を示す掲示板置場であり、江戸には大きいのが六ヶ所と他に三十五ヶ所もあった。

日本橋の高札場は大きい方であり、石垣の上に七枚の高札が掲げられ、柵で囲われて屋根が付けられていた。

武家の女は、高札を読むわけでもなく、時々辺りを窺っていた。

誰かを待っている……。

倫太郎は、武家の女を見守った。

日本橋に様々な人が行き交い、僅かな時が過ぎた。

着流しの武士が武家の女に近づいた。武家の女は、明るく微笑んで着流しの武士と言葉を交わして短く見つめ合った。見つめ合う武家の女の眼が微かに煌めいた。

涙……。

倫太郎は気づいた。

武家の女は、滲む涙を隠すように風呂敷包みを差し出した。着流しの武士は風呂敷包みを受け取り、優しく微笑んで武家の女に頭を下げた。そして、踵を返して日本橋にあがっていった。

武家の女は、淋しげな面持ちで着流しの武士を見送った。

倫太郎は、見つめ合った二人に興味をそそられた。

二人はどういう関わりなのだ……。

倫太郎は迷った。

このまま武家の女を尾行《つけ》るか、着流しの武士を追うか……。

倫太郎の迷いは短かった。

武家の女は、亀島町川岸通りの何処かで暮らしているはずだ……。

倫太郎は日本橋に急いだ。そして、日本橋を降りて室町を行く着流しの武士を尾行た。

着流しの武士は、日本橋の通りを進んで神田川に出た。そして、神田川に架かる和泉橋を渡り、御徒町の組屋敷街に入った。

倫太郎は追った。

着流しの武士は、風呂敷包みを抱えて組屋敷の一軒に入った。

倫太郎は見届けた。

着流しの武士は御家人だった。

倫太郎は、斜向かいの組屋敷から出て来た米屋の手代を呼び止めた。


「あのお屋敷ですか……」

米屋の手代は、着流しの武士が入った組屋敷を一瞥した。

「うん。誰の屋敷か知っているかな」

「ええ。北原京一郎《きたはらきょういちろう》さまのお屋敷にございますが……」

「北原京一郎どの……」

「はい」

米屋の手代は頷いた。

「どのような方か分かるかな」

米屋の手代は、北原屋敷を一瞥して眉をひそめた。

「どのようなと仰られても……」

「何でもいいんだがな」

倫太郎は苦笑し、米屋の手代に素早く小粒を握らせた。

「こりゃあ申し訳ありません。実は北原さま、十日ぐらい前に御新造さまを離縁されましてね」

米屋の手代は声を潜めた。

「離縁……」

倫太郎は戸惑った。

「ええ。仲の良い御夫婦だと専《もっぱ》らの評判だったのですがね。やはりお武家さまは、お子さまが出来ないと難しいのですかねえ」

北原家に子供はいなかった。

「離縁された御新造の名前、知っていますか」

「確か佐奈《さな》さまと……」

「佐奈……」

「はい」

米屋の手代は頷いた。

「それで北原さま、今はお一人で暮らしているそうですよ」

「そうか……」

「お侍さま、手前はそろそろ……」

米屋の手代は、喋り過ぎたと思ったのか辺りを見廻した。

「うん。造作を掛けたな」

倫太郎は礼を云い、米屋の手代を解放した。

米屋の手代は安心したように笑い、小粒を握り締めてそそくさと立ち去った。

倫太郎は見送り、北原屋敷を窺った。

北原屋敷はひっそりと静まり返っていた。

御家人・北原京一郎は、風呂敷包みを渡した武家女とどのような関わりなのか……。

北原京一郎は、何故に妻の佐奈を離縁したのか……。

そして、武家の女は、離縁した佐奈なのかも知れない。もしそうだとしたなら、離縁した元夫婦が、人目を忍んで逢った事になる。

そこに何があるのか……。

倫太郎は思いを巡らせた。

百合鷗は、今日も亀島川の上を飛び交っていた。

倫太郎は、亀島町川岸通りを亀島橋にやって来た。だが、亀島橋には佐奈と思われる武家の女の姿はなかった。

百合鷗は、甲高く鳴きながら空を舞い続けていた。

湯呑茶碗の茶は湯気を立ち昇らせていた。

「すまんな」

「どう致しまして……」

倫太郎は、結衣の淹れてくれた茶を啜った。

「ところで結衣。昨日、亀島橋で余り見掛けぬ武家の御妻女に逢ったのだが……」

「余り見掛けぬ武家の御妻女……」

結衣は戸惑いを浮かべた。

「うん。飛び交う百合鷗を眺めていてな。何処の誰だろうな」

「その御妻女、歳の頃は二十七、八歳で物静かな感じの人じゃあない」

結衣の云った御妻女は、倫太郎の見掛けた武家の女と良く似ていた。

「うん。きっとその人だ」

倫太郎は頷いた。

「それなら、吉川の佐奈さんです」

「佐奈さん……」

〝佐奈〟という名が、呆気なく出て来た。

百合鷗を眺めていた武家の女は、〝吉川の佐奈さん〟であり、やはり〝北原京一郎に離縁された佐奈〟なのだ。

「ええ。佐奈さんがどうかしましたか……」

「いや。ちょいと気になったものでな。で、吉川というのは……」

「北町奉行所の例繰方《れいくりかた》与力の吉川左内さまの事で、佐奈さまは一番上の娘なのですが……」

結衣は眉をひそめた。

「離縁されて実家に帰って来ているか……」

倫太郎は、吐息混じりに呟いた。

「ええ。倫太郎さん、どうして佐奈さんが離縁されたのを知っているの」

結衣は、怪訝な眼差しを倫太郎に向けた。

大久保家と吉川家は、主が同じ北町奉行所の同僚で僅かな付き合いがある。結衣は幼い頃、佐奈に遊んで貰った記憶があった。そして十年前、佐奈は百二十俵取りの御家人で小普請組の北原京一郎に見初《みそ》められて嫁入りしたのだ。小普請組とは、旗本や御家人で役目に就いていない無役で公儀の小さな普請に駆り出される者たちを称した。

「実はな、結衣……」

倫太郎は、佐奈が別れた夫の北原京一郎と密かに逢っている事を教えた。

結衣は少なからず驚いた。

「それで気になってな……」

「そりゃあ、気になるのは分かるけど……」

結衣は首を捻った。

「うん。離縁した元夫婦が落ち合い、優しく見つめ合う……」

「倫太郎さんの見間違いじゃあないの」

結衣は困惑した。

「いや。間違いない」

「じゃあ何よ。北原さまと佐奈さま、離縁はしたけど本当は別れていないっていうの」

結衣は混乱した。

「結衣、その離縁そのものが、何かの訳ありで世間の眼を誤魔化しているのかも知れん」

「そうね。で、これからどうするの」

「さあて、どうするか……」

　倫太郎は迷った。

　如何におかしな離縁でも、夫婦には他人には及びのつかない理由があるのかも知れないのだ。

「それを嗅ぎ廻っていいものか……」

　倫太郎は唸った。

「そうよね。他人の私たちがおかしいと思っても、当人同士の事。大きなお世話かもね」

「うん……」

　倫太郎は冷えた茶を飲んだ。

「ま。しばらく様子を見守るしかあるまい」

「そうね。私、父上が何か聞いているかもしれないから、それとなく探って見るわ」

「うん。そうしてくれ……」

　百合鷗を眺めていた武家の女は、佐奈という名の出戻りだった。そして、その佐奈の離縁には何かが秘められている。

迂闊な真似は出来ない……。

倫太郎は、事を慎重に運ぼうと決めた。


数日が過ぎた。

北町奉行所例繰方与力・吉川左内の組屋敷は、亀島川に近い八丁堀北島町にあった。

吉川屋敷の表門前は綺麗に掃き清められていた。

倫太郎は、物陰から吉川屋敷を窺った。

吉川屋敷からは、赤ん坊の泣き声が響いていた。

吉川家は主の左内夫婦の他に嫡男の純一郎夫婦とその赤ん坊。そして、部屋住みの次男と出戻り娘の佐奈が暮らしていた。

いずれ左内が純一郎に家督を譲って隠居をしたら、部屋住みの次男と出戻りの佐奈は組屋敷にいづらくなるだけだ。左内が達者な内はまだいいが、死んだ時に佐奈はどうなるのか。おそらく左内夫婦は、佐奈の一刻も早い再婚を願っているはずだ。

何処の御家人も似たり寄ったりだ……。

倫太郎は、夏目家と己の立場に思いを馳せた。

僅かな刻が過ぎた時、吉川屋敷から佐奈が頭巾を被って出て来た。

倫太郎は、微かな緊張を浮かべた。

佐奈は辺りを窺い、厳しい面持ちで組屋敷を出て楓川に向かった。

倫太郎は尾行した。

佐奈は楓川を越え、日本橋の通りを横切って外濠に出た。そして、外濠沿いを進んで日本橋川に架かる一石橋を渡り、鎌倉河岸から神田三河町を抜けて駿河台の武家屋敷街に入った。

何処に行くのだ……。

倫太郎は追った。

佐奈は、備後《びんご》国福山藩阿部家十万石の江戸上屋敷の前を通り、昌平橋の手前を神田川沿いの淡路坂をあがった。そして、神田川沿いにある太田姫稲荷の入口に身を潜めた。

倫太郎は、佐奈の視線の先を追った。

佐奈の視線は、甍《いらか》を連ねている武家屋敷の一軒に向けられていた。
誰の屋敷なのか……。
倫太郎は見守った。
四半刻が過ぎた時、淡路坂を羽織袴の武士があがって来た。
「北原京一郎……」
倫太郎は、羽織袴の武士が北原京一郎だと気付いた。
北原京一郎は、ゆったりとした足取りでやって来た。
佐奈は、祈るように手を合わせて北原京一郎を見つめた。
佐奈は、北原京一郎が来るのを知っていた。
倫太郎は、離縁した二人が連絡を取り合っているのを確信した。
北原京一郎は、佐奈が見つめていた武家屋敷を訪れ、中間に声を掛けて門内に入った。
佐奈は祈るように見守り続けた。
倫太郎は、不吉な予感を覚えた。
裃《かみしも》姿の武士が、二人の供侍と草履《ぞうり》取りや挟み箱を担いだ中間を従えて淡路坂をやって来た。

佐奈は、裃姿の武士の一行に気付き、両手を固く握り締めた。

何かが起こる……。

倫太郎は思わず身構えた。

裃姿の武士の一行から草履取りが、屋敷に先触れに走った。

中間たちと北原京一郎が、屋敷の門内から出迎えに現れた。

「おう、北原、来ていたのか……」

裃姿の武士は、北原京一郎に笑い掛けた。

「はい。加藤さまのお帰り、お待ち致しておりました」

北原京一郎は挨拶した。

加藤と呼ばれた裃姿の武士が、北原の上役なら小普請組支配の組頭なのかも知れない。

「うむ……」

加藤は、胸を反り返らせ鷹揚《おうよう》に頷いた。

次の瞬間、北原京一郎は猛然と加藤に斬り付けた。

「組頭の役目を笠に着た横暴な振る舞い。恥を知れ」

北原の一刀は、加藤を真っ向から斬り下げた。加藤は満面を驚愕《きょうがく》に染め、血を振り撒いて倒れた。

見事な一太刀だった。

供侍と中間たちが悲鳴をあげ、主の加藤を助けようともせずに屋敷に逃げ込んだ。

北原京一郎は、作法通りに加藤に止めを刺して斬奸状《ざんかんじょう》を置いた。そして、加藤の死体に手を合わせて踵を返した。

倫太郎は、事の成り行きに驚きながら佐奈を見た。佐奈は、淡路坂を去って行く北原京一郎の背に手を合わせていた。

倫太郎は、密かに北原京一郎を追った。

加藤屋敷や隣の屋敷から人々が現れ、怒号が飛び交った。

二

北原京一郎は、昌平橋の下の船着場に降り、待たせてあった猪牙舟に乗った。

舟……。

倫太郎は焦った。

手拭で頬被りをした船頭は、北原を乗せた猪牙舟を神田川に漕ぎ出した。北原は羽織の上に裾長の半纏を纏い、菅笠を目深に被った。

北原京一郎は、目付の許に出頭せずに逃亡する。

倫太郎はそう睨み、北原の乗った猪牙舟を追って神田川沿いの柳原通りを走った。

柳原通りを行けば両国に出る。そして、両国の傍の柳橋には船宿『笹舟』がある。

『笹舟』に行けば、舟を借りて追うことが出来る。

倫太郎は、追い掛けながら思いを巡らせた。

それ迄《まで》、猪牙舟を見逃してはならない……。

倫太郎は懸命に追った。だが、北原の乗った猪牙舟は神田川の流れに乗って船足が速く、浅草御門を潜った。

倫太郎は、袴を鳴らして走った。

猪牙舟は、すでに浅草御門から柳橋を抜けて大川に近づいた。

倫太郎は走り続けた。

北原の乗った猪牙舟は、神田川を出て様々な船の行き交う大川に紛れ込んだ。

船宿『笹舟』は風に暖簾を揺らしていた。

倫太郎は船着場に走った。

「倫太郎さんじゃありませんか」

船頭の勇次が運良く居合わせた。

勇次は、船宿『笹舟』の主で岡っ引の弥平次の手先を務めている船頭だ。

「勇次、すまんが猪牙舟を出して貰えるか」

「合点です」

勇次は、手先の勘で訳も聞かずに引き受けた。

「菅笠に半纏を着た男客を乗せた猪牙舟だ」

「で、どっちに……」

「そいつが分からぬが、先《ま》ずは大川だ」

勇次は、倫太郎を乗せた猪牙舟を大川に漕ぎ出した。

大川は様々な船が行き交っていた。

倫太郎は猪牙舟の舳先に座り、行き交う船を確かめた。だが、北原の乗った猪牙舟を見つける事はできなかった。

倫太郎は、北原の乗った猪牙舟を見失った。

夕陽が大川を覆い始めた。


岡っ引の柳橋の弥平次は、その顔に厳しさを滲ませた。

「淡路坂を上がった処の加藤さまですか……」

「ええ。名は分かりませんが。その加藤を小普請組の御家人北原京一郎が斬り棄て、猪牙舟で大川に逃走したのです」

「そいつが、菅笠を被り、半纏を纏った客ですか」

勇次は身を乗り出した。

「そうです」

倫太郎は頷いた。

「倫太郎さん、その侍の屋敷の方には……」

弥平次は尋ねた。

「北原の組屋敷は御徒町です。屋敷に逃げ込むのなら、神田川の和泉橋で猪牙舟を降りなければなりません。ですが、北原は降りませんでした」

倫太郎は告げた。

「そうですか。ま、いずれにしろお武家さま同士の刃傷沙汰。手前どもの出る幕はございますまい」

弥平次は微笑んだ。

旗本御家人の事件は目付の管轄であり、町奉行所の支配違いだ。町方同心や岡っ引が口出し出来るものではない。

「ええ。そいつは知っていますが、いろいろ気になる事がありましてね」

「閻魔亭居候の戯作者先生としては、興味津々ですか……」

弥平次は苦笑した。

「ええ……」

倫太郎は、悪戯を見つけられた子供のように照れ笑いをした。

御徒町の組屋敷街は夕闇に包まれていた。

倫太郎は、柳橋の船宿『笹舟』から下谷御徒町に廻った。そして、北原屋敷を窺った。

北原屋敷の周囲には、徒目付と思われる武士たちが潜んでいた。

徒目付たちが潜んでいる限り、北原京一郎は捕まってはいない。

倫太郎はそう睨んだ。そして、ささやかな安堵感が己を過ぎるのを覚えた。

倫太郎は、八丁堀に引き返した。


大久保屋敷は表門を閉じていた。

倫太郎は、表門脇の潜り戸から屋敷内に入った。

「遅かったじゃない」

結衣は、手燭を持って迎えに出て来た。

「うん。いろいろあってな」

「倫太郎さんも……」

結衣は眉をひそめた。

「倫太郎さんもって……」

倫太郎は戸惑った。

「父上もさっき帰って来てね。苦虫を嚙み潰したような顔をしているからどうしたのって訊いたら、いろいろあってなと……」

「伯父上がな……」

伯父の大久保忠左衛門は、北町奉行所与力の役目柄、おそらく北原京一郎の一件を知ったはずだ。そして、北原が同僚の吉川左内の娘の佐奈を離縁した元夫だと気づいたのだ。

「今、伯父上は……」

「居間でお酒を飲んでいます。倫太郎さん、晩御飯は……」

「まだだよ」

「じゃあ、お部屋に運びましょうか」

結衣は、倫太郎が余り機嫌の良くない忠左衛門の餌食《えじき》にならないように気を使ってくれた。

「そいつはありがたいが、俺も居間で戴くよ」

倫太郎は苦笑した。

「大丈夫……」

結衣は心配した。

「ああ、きっとな……」

倫太郎は、結衣と居間に向かった。


燭台の灯《あか》りは小さく揺れていた。

忠左衛門は、屈託のある面持ちで酒を飲んでいた。

「伯父上、只今戻りました」

「うむ……」

忠左衛門は、倫太郎を一瞥して猪口の酒を飲んだ。

結衣が倫太郎の膳を用意した。

「さあ、どうぞ」

「すまないな」

倫太郎は結衣に礼を云った。

「倫太郎、お前も飲め」

忠左衛門は徳利を差し出した。

結衣は、戸惑ったように眼を丸くした。

「いただきます」

倫太郎は、椀の蓋に酒を受けて飲んだ。

「北原京一郎の件ですか……」

「倫太郎……」

忠左衛門は白髪眉をひそめた。

大久保忠左衛門は北町奉行所の与力であり、小普請組の北原京一郎が上役を斬った事実を知るのは早かったが、武家の刃傷沙汰を探索する事は出来ない。だが、忠左衛門は、北原が同僚の吉川左内の元娘婿だと気づき、知り合いの徒目付や評定所の役人にすぐ探りを入れた。

「佐奈さんを離縁して覚悟の刃傷ですか」

倫太郎は酒を啜った。

北原京一郎は、上役の加藤を斬り、妻の佐奈と実家の吉川家に累が及ぶのを恐れて離縁した。

倫太郎は、忠左衛門の猪口に酒を満たした。

「うむ……」

忠左衛門は、満たされた酒を啜った。倫太郎は手酌で酒を飲んだ。

結衣は、新しい徳利を持って忠左衛門と倫太郎の間に座った。

「倫太郎、いろいろと知っているようだな」

忠左衛門は、倫太郎を厳しく一瞥した。

「はい。淡路坂の加藤家門前での惨劇、目《ま》の当たりにしました」

「なにい……」

忠左衛門は、筋張った細い首を伸ばして白髪首を震わせた。

「本当なの、倫太郎さん」

結衣は思わず疑った。

「実は伯父上……」

倫太郎は酒を飲み、佐奈を見掛けた時から北原京一郎を大川で見失うまでの顚末を話した。

忠左衛門は、日本橋の高札場で北原と佐奈が落ち合った事に白髪眉をひそめ、佐奈が北原の刃傷を知っていた事に筋張った首を引き攣《つ》らせた。

「そうだったのか……」

忠左衛門は、酒を飲まずに倫太郎の話を聞き終え、深々と吐息を洩らした。

「それで伯父上。御公儀は吉川さまに何かお咎めを……」

「うむ。目付が吉川どのを評定所に呼び付けたのだが、佐奈どのはすでに離縁されており、お咎めはなかった」

「それは重畳《ちょうじょう》……」

公儀が北原と佐奈の離縁を認めている限り、吉川家に累は及ばないのだ。

北原京一郎の目論見通りになった……。

倫太郎は、佐奈と吉川家が無事だったのを喜んだ。

「で、伯父上。北原は何故、加藤なる者を斬ったのですか」

「それなのだが、北原が残した斬奸状によれば、小普請組組頭の加藤貢太夫さまは、無役の者たちにお役目に推挙すると云い、金品を献上させていたそうでな。ま、それはよくある話だが、時にはお役目を願う者の妻や娘を伽《とぎ》に差し出せと命じていたそうだ」

忠左衛門は、皺だらけの顔に怒りを滲ませて吐き棄てた。

無役の小普請組の者たちは、組頭の推挙がなければ役目に就く事は出来ない。役目に就けない限り、先祖伝来の家禄の他に職禄や役料を貰えず貧乏なままなのだ。

加藤貢太夫の非道さは、そうした小普請組の者たちの弱味に付け込んだ処にある。

「酷い……」

結衣は呆れた。

「それで北原は、加藤の役目を笠に着た非道さを怒り、事に及んだ……」

倫太郎は酒を啜った。酒は冷たく喉を降りた。

「うむ。結衣……」

忠左衛門は、空の猪口を結衣に差し出した。

「は、はい……」

結衣は、慌てて忠左衛門の猪口に酒を満たした。

「じゃあ北原さまは、佐奈さまが嫌いになったからじゃあなく、御公儀からお咎めを受けないように離縁されたのですか……」

結衣は、倫太郎にも酒を注いだ。

「うん。嫌いになったどころか、この世で一番大切な人だから累が及ばないように離縁したのが真相だろうな」

倫太郎は酒を啜った。

「哀しい真相ね……」

結衣は、微かに眼を潤ませた。

「それで倫太郎、北原は猪牙舟で大川に逃げたのだな」

忠左衛門は酒を飲み、倫太郎を見据えた。

「はい。それで弥平次親分の処の舟で探したのですが見失いました」

「そうか……」

「それで、御徒町の北原の組屋敷に行ってみたのですが、徒目付たちが潜んでいるだけでした」

「聞いた話だが、徒目付たちが北原の組屋敷に踏み込んだ時には、家の中は綺麗に掃除されており、仏壇に両親と先祖代々の位牌はなかったそうだ」

北原は、周到な仕度をして薄汚い上役の加藤貢太夫を斬り棄てた。加藤は、刀を抜き合わせる間もなく斬り棄てられた。主の無様《ぶざま》な最期《さいご》と北原の斬奸状は、加藤家三百石を取り潰すのに充分だ。北原京一郎は目的を果たしたはずだ。

「すでに江戸から逃げたのかもしれぬな」

忠左衛門は手酌で酒を飲んだ。

「いいえ。きっと江戸の何処かに潜んでいます」

倫太郎は、椀の蓋に満たした酒を飲み干した。

「まだ江戸にいるだと……」

忠左衛門は、怪訝な眼差しを倫太郎に向けた。

「はい。北原京一郎は目的を果たせば腹を切る覚悟ぐらいあります。ですが、佐奈さんを離縁し、位牌を持ち出し、猪牙舟も仕度していました。余りにも周到なやり口は、まだ何かをしようとしているからではないでしょうか」

倫太郎は睨んだ。

忠左衛門は、細く筋張った首の喉を鳴らした。それは、倫太郎の睨みに頷いた事でもあった。

「じゃあ、北原さまは、まだ誰かを……」

結衣は、満面に厳しさを浮かべた。

「ああ、きっと……」

倫太郎は頷いた。

「どうします、父上」

結衣は忠左衛門を見つめた。

「うむ。倫太郎、儂は斬られた加藤のような者が他にもいないか密かに調べてみる」

小普請組組頭は加藤貢太夫を入れて八人おり、その上役の小普請組支配も八人いる。その中に加藤同様に非道な者がおり、北原はその者も討ち果そうとしているのかも知れない。

「その方は、北原の行方を突き止めるのだ」

「はい」

「でも、倫太郎さん。どうやって突き止めるの……」

「佐奈さんに訊くしかないだろうな」

倫太郎は辛そうに告げた。

「佐奈さんに……」

結衣は驚いた。

「そうだな。北原は佐奈どのに何もかも話して離縁を納得して貰ったはずだ。だから、加藤さまを斬ったのも……」

「潜んでいる処も、次に何をする気なのかも知っているはずです」

倫太郎は、忠左衛門の読みの続きを引き取った。

「うむ……」

忠左衛門は、白髪眉をひそめて頷いた。

「でも、佐奈さん話してくれるかしら」

結衣は首を捻った。

「そいつはあるまい」

「じゃあ……」

「見張り、出掛けたら後を尾行する」

倫太郎は笑みを浮かべた。

「あらあら、珍しいわね。みんなで……」

何も知らない加代は、奥の間から繕《つくろ》い物を持って長閑な面持ちで出て来た。

燭台の灯りが揺れた。

灯明の小さな炎は、北原家代々の位牌を淡く照らしていた。

佐奈は位牌に手を合わせ、北原の無事を祈った。だが、今は無事であってもそれが一刻の事でしかないのは、佐奈はよく知っている。知っているからこそ、佐奈は妻として北原家の位牌を預かったのだ。だが、佐奈は北原の無事を祈らずにはいられなかった。

「あなた……」

佐奈の頰に涙が零れた。


亀島川には百合鷗が飛び交っていた。

八丁堀北島町の組屋敷街にある吉川左内の屋敷は表門を閉じていた。

倫太郎は、物陰に潜んで佐奈が動くのを待った。だが、佐奈は屋敷に閉じこもり、動く気配を見せなかった。

百合鷗は甲高く鳴きながら飛び交う。

倫太郎は見張りを続けた。

目付たちの懸命な探索にもかかわらず、北原京一郎の行方は分からなかった。

北原京一郎は、己の身辺を綺麗に始末しており、潜んでいる場所の手掛かりになるようなものは何一つ残していなかった。

大久保忠左衛門は、殺された加藤以外の七人の小普請組組頭の身辺と評判を調べた。そして、田中芳之助《たなかよしのすけ》が浮かび上がった。田中芳之助は、加藤同様に役目に就くのを願う者たちに金品を献上させ、時には妻女を伽に差し出せと命じているとの噂が囁かれていた。

それが事実なら、北原京一郎は加藤貢太夫に続き、田中芳之助も斬り棄てなければならない。

北原京一郎は、田中芳之助も斬り棄てようとしているのか……。

忠左衛門は、田中に囁かれている噂の真偽と、その身辺に北原の痕跡がないかを調べる事にした。

# 三

佐奈は動いた。

倫太郎は、吉川屋敷の潜り戸から出て来た頭巾を被った佐奈に気づいた。

佐奈は、辺りを警戒の眼差しで窺いながら足早に楓川に向かった。

倫太郎は尾行を開始した。

佐奈は、周囲の目から逃れるように俯いて進んだ。楓川に架かる海賊橋を渡り、日本橋川に出た。そして、日本橋川に架かる江戸橋を抜けて両国に向かって進んだ。

その足取りは微かに弾んでいた。

佐奈は北原に逢いに行く……。

倫太郎の直感が囁いた。

佐奈は両国広小路に出た。そして、広小路の賑わいを足早に横切り、神田川に出た。

倫太郎は、慎重に尾行を続けた。

神田川に出た佐奈は、浅草御門を渡って船宿『小松』の暖簾を潜った。

船を雇う……。

佐奈は、人目に触れるのを恐れ、日本橋界隈の船宿ではなく神田川まで来たのだ。

倫太郎はそう見定め、柳橋の船宿『笹舟』に走った。

佐奈は、船宿『小松』で猪牙舟を雇って乗り込んだ。猪牙舟は佐奈を乗せて大川に向かって神田川を下った。

船宿『笹舟』には勇次がいた。

倫太郎は、主の弥平次に事の次第を告げて勇次の猪牙舟に乗り込んだ。その時、佐奈を乗せた猪牙舟が神田川を下って行った。

「勇次さん、あの猪牙舟だ」

「合点です」

勇次は、倫太郎を乗せた猪牙舟を船着場から漕ぎ出した。

佐奈を乗せた猪牙舟は大川を遡った。

舳先に切り裂かれた水飛沫は美しく煌めいた。

佐奈は眩しげに見つめていた。

十八歳で北原京一郎に嫁いで十年、様々な思い出が、煌めく水飛沫に過ぎった。

あなた……。

佐奈は哀しげに呟いた。


勇次は、行き交う船を縫うように巧みに猪牙舟を操り、佐奈の乗っている猪牙舟を追った。

「何処に行くのかな」

倫太郎は舳先に座り、佐奈の乗った猪牙舟を見つめていた。

「さあねえ……」

佐奈の乗った猪牙舟は、公儀の浅草御蔵、御厩《おうまや》河岸、駒形堂と進んだ。

「もう直、吾妻橋ですよ」

吾妻橋を潜ると、大川の流れは隅田川の名に戻る。

佐奈の乗った猪牙舟は、吾妻橋を潜って尚も隅田川を遡った。

「北原、朱引の外の千住の宿に潜んでいるんですかね」

勇次は睨んだ。

「かもしれないな……」

朱引とは江戸御府内を示す境界であり、その外に町奉行所の支配は及ばず、江戸でお尋ね者になった者がよく逃げ込んでいた。

いずれにしろ佐奈の乗った猪牙舟は、北原の逃げた道筋を辿っているのだ。

倫太郎にはそう睨んだ。

「こいつは千住の宿じゃあないな」

勇次は船足を速めた。

佐奈の乗った猪牙舟は、浅草今戸町の手前の山谷堀に入った。

山谷堀……。

倫太郎は、山谷堀の今戸橋を潜って行く佐奈の乗る猪牙舟を見つめた。

佐奈の乗った猪牙舟は、山谷堀に架かる今戸橋に続いて山谷橋を潜って進んだ。

山谷堀と土手の日本堤は、新吉原を通って下谷三ノ輪町に抜けている。

佐奈の乗った猪牙舟は山谷堀を進んだ。

勇次は、充分に距離を取って静かに追った。

本郷の武家屋敷街は、板橋道を間にして東西に広がっている。

小普請組組頭の田中芳之助の屋敷は、西側の水道橋近くにあった。

田中屋敷は表門を閉じて静けさに包まれていた。

鶴次郎は、近くの大身旗本家の中間に小粒を握らせ、田中芳之助の人柄と屋敷の雰囲気を尋ね始めた。


今朝、鶴次郎は北町奉行所臨時廻り同心の白縫半兵衛に呼ばれ、大久保忠左衛門の許に行くように云われた。鶴次郎は緋牡丹の絵柄の半纏を紺地に返し、忠左衛門の用部屋の庭先に恐る恐る控えた。

忠左衛門は、用部屋の濡縁に座った。

「鶴次郎……」

「はい……」

鶴次郎は五体に緊張感が漲るのを感じた。

「うちの倫太郎がいつも世話になり、礼を申すぞ」

「お世話だなんて、畏れ入ります」

鶴次郎は、忠左衛門の謝意に戸惑った。

「して鶴次郎、頼みがある」

忠左衛門は、鶴次郎の戸惑いを無視して話を続けた。

「頼みにございますか……」

「左様、もそっと近くに寄れ」

「は、はい……」

鶴次郎は膝を進めた。

「鶴次郎、その方も聞いていると思うが、小普請組の北原京一郎の一件だ……」

忠左衛門は、細く筋張った首を伸ばして囁いた。

「はい」

鶴次郎は喉を鳴らした。

「うむ……」

忠左衛門は、一件の経緯と倫太郎が密かに探索している事を鶴次郎に教え、田中芳之助を調べるように頼んだ。

「分かりました。それではこれから……」

鶴次郎は引き受けた。

「そうかやってくれるか、ありがたい。半兵衛には儂が話をつけて置く」

忠左衛門は白髪頭を振って喜んだ。

「よろしくお願いします」

「心得た。さあ、行け。行って田中芳之助の本性を突き止めて参れ」

忠左衛門は、気の短さを丸出しにして鶴次郎を急《せ》かした。

大身旗本家の中間は、小粒を握り締めて下卑た笑みを浮かべた。

「いろいろありますよ、酷い話は……」

「じゃあ、金や品物の他にお武家の奥方さまやお嬢さまを伽に召し出すってのは……」

鶴次郎は眉をひそめた。

「ああ。本当も本当。旦那をお役目に就けたい一心で田中さまに抱かれた奥方がいてね。亭主がお役目に就いたのを見届けて首を括っちまった」

「酷いな……」

鶴次郎は微かな怒りを覚えた。

「なあに、酷いのはその後だ。ようやく役目に就いた旦那、首を括った奥方と自分が哀れになったんでしょうね。腹を切っちまったんですぜ」

「腹を……」

鶴次郎は驚いた。

「ああ。悲惨なもんですぜ」

小普請組組頭の田中芳之助は、同役の加藤貢太夫と変わらぬ薄汚い非道な男だ。

北原京一郎は田中芳之助を必ず狙う……。

鶴次郎は確信した。


日本堤には新吉原で遊ぶ客が行き交い、見返り柳が揺れていた。見返り柳の向こうに新吉原がある。

佐奈の乗った猪牙舟は、新吉原の前を通り過ぎて尚も山谷堀を進んだ。

倫太郎の乗った勇次の猪牙舟はゆっくりと続いた。

「こうなりゃあ三ノ輪ですかね」

「ええ。三ノ輪から千住ってのもありかな」

倫太郎と勇次は、佐奈の乗った猪牙舟を追い続けた。

佐奈の乗った猪牙舟は、下谷三ノ輪町を過ぎた。

「三ノ輪でもないか……」

倫太郎と勇次は吐息を洩らした。

山谷堀は石神井《しゃくじい》川となり、その流れは上野寛永寺の寺領の裏手を王子から板橋の宿に続いている。

佐奈の乗った猪牙舟は、不動尊五行松を過ぎて根岸に入った。そして、小橋の下の船着場に船縁を寄せた。

「倫太郎さん……」

勇次が猪牙舟の速度をあげた。

船着場に着いた猪牙舟から佐奈が降りた。

猪牙舟の船頭は、佐奈の帰りを待つらしく船着場の杭に艫綱を掛けた。佐奈は根岸の田舎道を進んだ。

「勇次さん、岸辺に寄せてくれ」

「合点だ」

勇次は、猪牙舟を岸辺に寄せた。次の瞬間、倫太郎は船底を蹴って岸辺に跳んだ。

猪牙舟は大きく揺れ、勇次は棹で懸命に揺れを抑えた。

「勇次さん、船頭を頼みます」

「承知……」

倫太郎は、佐奈を追って根岸の田舎道に走った。


田舎道を進んだ佐奈は、生垣に囲まれた大きな百姓家の前で立ち止まった。

倫太郎は、木立の陰に潜んで見守った。

佐奈は、生垣の隙間から大きな百姓家を窺った。

大きな百姓家は植木屋だった。

北原京一郎は植木屋に潜んでいるのか……。

倫太郎は緊張した。

佐奈は植木屋には入らず、生垣の外から中を窺い続けていた。

植木屋に入り、北原を訪ねる事は禁じられている。だが、佐奈は北原の身を案じ、少しでも近くに来たかった……。

倫太郎は、佐奈の気持ちを推し量った。

植木屋から植木職人たちの声が聞こえた。

佐奈は、驚いたように木陰に隠れた。

植木職人たちが、根を筵で梱包した立ち木を大八車に乗せて植木屋から威勢良く出て来た。

佐奈は、木陰に潜んで息を詰めた。

倫太郎は見守った。

植木職人たちは、立ち木を乗せた大八車を曳いて石神井川に向かって行った。

職人たちをやり過ごした佐奈は、安心した面持ちで木陰を出て見送った。

「奥さまじゃあございませんか……」

佐奈は、背後からの呼び掛けに振り返った。

植木屋の主が表にいた。

「親方……」

「やはり奥さまでしたか。すぐにお報せしますよ」

「いえ、親方……」

佐奈は慌てた。だが、植木屋の主は、佐奈に構わず中に駆け込んだ。

「親方……」

佐奈は佇んだ。その顔には不安と期待が入り混じっていた。

逢いたいが、逢ってはならない……。

佐奈の心は揺れ動き、迷い躊躇った挙句にようやく根岸に辿り着いた。そして、最後の迷いと躊躇いを植木屋の主が払った。

倫太郎は、佐奈の心根を哀れまずにはいられなかった。

僅かな時が過ぎ、植木屋の主が戻って来た。

佐奈は期待に顔を輝かせた。だが、植木屋の主は、申し訳なさそうに眉をひそめて頭を下げた。佐奈は哀しげに首を横に振り、主に深々と頭を下げて踵を返した。

北原は、佐奈と逢うのを拒んだ。佐奈のささやかな期待は、儚《はかな》く消え去った。

倫太郎はそう睨んだ。

佐奈は、重い足取りで来た道を船着場に戻った。

倫太郎は追った。

石神井川の流れの向こうには金杉新田が広がっている。

佐奈は、石神井川の畔にしゃがみ込み、溢れる涙を拭った。だが、涙は零れ落ち、止まる事を知らなかった。

「どうかしました」

倫太郎は、思い切って佐奈に声を掛けた。

佐奈は驚きうろたえ、慌てて立ち上がった。

「いえ……」

「もし、何か困った事があれば……」

「ありがとうございます。ですが何も……」

佐奈は涙を拭い、懸命に笑顔を作った。

「それならいいですが……」

倫太郎は微笑んだ。

「ご心配をお掛けして、申し訳ありません」

佐奈は倫太郎に頭を下げ、石神井川の流れを見つめた。石神井川は秋の実りの中を長閑に流れていた。

佐奈は、眩しげに眼を細めた。

「死んだ者は戻らない。そう思い知りました」

佐奈は哀しげに微笑んだ。

死んだ者とは北原京一郎の事であり、死を覚悟している今、俗世の何もかもを棄てているのだ。棄てた物の中には、佐奈の存在もあるのかも知れない。

倫太郎は、北原と佐奈を哀れんだ。

「では……」

佐奈は、倫太郎に深々と頭を下げて田舎道を船着場に急いだ。

佐奈は待たせてあった猪牙舟に乗り、山谷堀に引き返して行った。

倫太郎は、勇次の猪牙舟に戻った。

「追いますか」

勇次は艫綱を解こうとした。

「いえ。佐奈さんは家に帰るでしょう」

「そうですか。で、北原は……」

勇次は眉をひそめた。

「どうやら、この先の植木屋に潜んでいるようです」

倫太郎は確信していた。

「どうします」

「私は見張ります。勇次さんは戻り、伯父の大久保忠左衛門にこの事を報せていただけませんか」

「そいつは構いませんが、北原がこの前のように舟を使ったらお手上げですよ」

勇次は心配した。

「そうか……」

倫太郎は困惑した。

「分かりました。繋ぎはあっしが何とかします。二人で見張りましょう」

「そいつはありがたい」

倫太郎は植木屋の見張りに付き、勇次は手紙を書いて近くの寺の寺男に使いを頼んだ。

植木屋『宗甚』の敷地は広く、裏手には家作があった。

北原京一郎は家作に潜んでいる。

倫太郎は睨んだ。そして、植木屋『宗甚』を見張り、勇次は周辺に聞き込みを掛けた。

植木屋『宗甚』の親方の甚八は、京一郎の祖父の代から北原家に出入りをしていた。そして、甚八は京一郎を幼い時から可愛がった。京一郎は、甚八に懐いて植木職人の仕事にも詳しくなった。そして、北原京一郎は事を決行するのに甚八を頼った。

植木屋『宗甚』は繁盛しているらしく、植木職人たちが甚八の指図で忙しく植木を出し入れしていた。

倫太郎と勇次は、植木屋『宗甚』の向かい側の木立の陰から見張った。

大久保忠左衛門は、細い首の筋を引きつらせて白髪眉を逆立てた。

「奥方を首括りで失い、腹を切ったと申すのか……」

「はい。それで、噂が本当かどうか調べたのですが、どうやら……」

鶴次郎は言葉を濁した。

「本当だったか」

「はい……」

鶴次郎は頷いた。

「おのれ、田中芳之助。武士の風上にも置けぬ外道。北原京一郎にそっ首を斬り飛ばされるがいい」

忠左衛門は、白髪頭を怒りに震わせた。

「大久保さま……」

鶴次郎は慌てた。

忠左衛門の言葉は、町奉行所の与力としては不穏当なものだった。

「う、うむ……」

忠左衛門は、年甲斐もなく怒りを露わにしたのを恥じ、頰を微かに染めた。

鶴次郎は俯いて微かに笑い、忠左衛門に親しみを覚えた。

「それで鶴次郎。田中芳之助の屋敷はどのようなものだ」

「表門は閉じていますが、警戒をしている様子は余り窺われません」

「己の非道な振る舞いに気づかぬ愚か者め」

　忠左衛門は吐き棄てた。

「大久保さま……」

　庭先に小者《こもの》がやって来た。

「どうした」

「柳橋の船宿笹舟の弥平次がお目通りを願っております」

「なに、弥平次が……」

「はい」

「通せ」

　小者は立ち去り、すぐに弥平次を連れて来た。

　鶴次郎は、弥平次に目顔で挨拶をした。弥平次は頷き、忠左衛門に頭を下げた。

「柳橋の弥平次にございます」

「うむ。大久保忠左衛門だが、如何致した」

「はい。先ほど、手前のところの若い者から使いが参りまして、夏目倫太郎さまが北原京一郎さまの居所を突き止めたと……」

「なに、倫太郎が突き止めたとな」

忠左衛門は、細い筋張った首を伸ばした。

「はい。北原京一郎さま、根岸の植木屋に潜んでいるそうにございます」

「根岸の植木屋……」

忠左衛門は白髪眉をひそめた。

「はい。倫太郎さまとうちの若い者が見張りを始めたそうにございます」

「そうか……」

「大久保さま、あっしも根岸に行ってみます」

鶴次郎が膝を進めた。

「うむ。鶴次郎、倫太郎に北原が何をするのかよく見届けろとな」

忠左衛門は命じた。

「承知しました」

「鶴次郎、勇次が倫太郎さまと一緒にいる」

「分かりました。では、ご免なすって……」

鶴次郎は庭先から出て行った。

「大久保さま、手前どもがお役に立つなら、何なりとお申し付け下さい」

「それはありがたい。実はな弥平次……」

忠左衛門は、白髪頭を振り立て細い首を伸ばした。

## 四

根岸の里は、文人墨客などがその長閑さを好んだ地である。

倫太郎と勇次は、植木屋『宗甚』が見通せるところにあった納屋の軒下に潜り込んで見張りを続けた。だが、北原京一郎が『宗甚』から出て来る事はなかった。

陽は西に大きく傾き、根岸の里は上野の山陰に包まれた。

「北原さん、今日は動かないようだな」

倫太郎の腹の虫が鳴いた。

「そういえば、昼飯食っていませんでしたね」

勇次は苦笑した。

「ええ……」

倫太郎は淋しげに頷いた。

佐奈の尾行から植木屋『宗甚』の見張りと続いた一日は、倫太郎と勇次に昼飯を食べる余裕を与えなかった。

「じゃあ倫太郎さん、あっしは食べ物を手に入れて来ますよ」

「そうして貰えるか」

「ええ。じゃあ……」

勇次は、身軽に納屋の軒下を出て行った。

倫太郎は、植木屋『宗甚』の見張りを続けた。植木屋『宗甚』からは、その日の仕事を終えた植木職人たちが帰り始めていた。


本郷の武家屋敷街は西陽に照らされていた。

托鉢坊主の雲海坊としゃぼん玉売りの由松は、田中芳之助の屋敷の周囲を歩いて様々な探りを入れていた。

田中屋敷には、小普請組の小旗本や御家人たちが、時折り役目欲しさの御機嫌伺いに来ていた。

雲海坊は、田中屋敷の近くの寺の境内に入った。境内には弥平次がいた。

「どうだい」

「今のところ、田中屋敷の周りに変わった事はありません」

雲海坊は告げた。

「そうか……」

「万一、北原ってお侍が、田中屋敷に斬り込むのなら、やっぱり夜ですかね」

「それとも加藤貢太夫さまの時のように、出掛けた時か……」

弥平次と雲海坊は、北原京一郎が田中芳之助を狙う時と場所を読んだ。

寺の境内は夕暮れに包まれていった。

根岸の里は夕闇に包まれた。

勇次は、下谷御箪笥町《おたんすまち》の一膳飯屋で買って来た包みを開いた。

包みの中には、握り飯と焼いた目刺しなどが入っていた。

「こいつは美味そうだ」

倫太郎は、涎《よだれ》を垂らさんばかりに眼を輝かせた。

「さあ、食べましょう」

「うん」

倫太郎と勇次は、握り飯を食べて腹ごしらえをし始めた。

「やあ、美味そうですね」

夕闇から鶴次郎が現れた。

「鶴次郎さん……」

倫太郎と勇次は、鶴次郎がやって来たのを喜んだ。

「鶴次郎さん、どうしてここに……」

「弥平次の親分が大久保さまにお報せしてね。ご苦労だったな、勇次」

「いえ」

「じゃあ伯父上が鶴次郎さんに……」

「ええ。小普請組組頭の田中芳之助を調べるように云いつけられましてね……」

鶴次郎は笑った。

「そいつはご苦労でした。どうです握り飯」

「あっしは来る途中で。こいつは土産です」

鶴次郎は、倫太郎と勇次に酒の入った竹筒を渡した。

「こいつはありがてぇ」

勇次は喉を鳴らした。

鶴次郎は状況を聞き、田中芳之助の悪行を報せた。

「北原さんが、斬り棄てようって気持ち、分かりますよ」

勇次は吐息を洩らした。

「うん。無残な酷い話だ……」

倫太郎は怒りを滲ませた。

鶴次郎は、倫太郎を見て小さく笑った。

「何か……」

倫太郎は戸惑った。

「こいつは御無礼を。怒った様子が大久保さまによく似ていると思いましてね」

「伯父上に……」

「へえ。そうなんですかい」

勇次は笑った。

「冗談じゃありませんよ」

倫太郎は腐った。

「それで倫太郎さん。大久保さまは、北原さんが何をするのか、よく見届けろと」

「見届けろ……」

倫太郎は眉をひそめた。

「はい」

鶴次郎は頷いた。

すぐに捕らえろとか、食い止めろというのではなく、見届けろとはどういう意味なのか。

倫太郎は、伯父大久保忠左衛門の言葉の裏を探った。

子《ね》の刻九つ半（午前一時）。

植木屋『宗甚』は、月明かりを受けて寝静まっていた。

倫太郎と鶴次郎は、『宗甚』の敷地に忍び込んだ。『宗甚』の敷地は広く、母屋《おもや》の周囲には様々な庭木が植えられており、裏手に小さな家作があった。僅かな明かりが家作から洩れていた。倫太郎と鶴次郎は、気配を消して家作に忍び寄った。家作は雨戸が開けられており、裏手から水を被る音がしていた。

「倫太郎さん……」

「うん」

倫太郎と鶴次郎は裏手に廻った。

裏手の井戸端で北原京一郎が下帯一本で水を被っていた。

倫太郎と鶴次郎は、植木の陰に潜んで見守った。

「北原さんですか……」

「ええ……」

倫太郎は頷いた。

北原は水を被った。飛び散った水飛沫は月明かりに煌めき、北原の濡れた身体は淡く輝いた。

水を浴び終わった北原は座敷に戻り、真新しい白い着物に身を包んで端座した。

倫太郎と鶴次郎は、植え込みの陰に潜んで気配を消し続けた。

北原は刀を抜き払った。

刀身が白く輝いた。

北原は、手入れの行き届いた刀を鋭い眼差しで検《あらた》めた。

母屋から親方の甚八がやって来た。

「京一郎さま……」

「刻限ですか……」

「はい。参りますか」

「はい」

北原は、刀を鞘に納めて立ち上がった。


倫太郎と鶴次郎は、北原に気付かれる事なく『宗甚』を出た。

「倫太郎さん……」

鶴次郎は、満面に緊張を漲らせていた。

「ええ。これから舟で田中芳之助の処に行く気ですよ」

「勇次を起こして来ます」

鶴次郎は、納屋の軒下で寝ている勇次の許に走った。

植木屋『宗甚』から提灯を手にした甚八と北原が現れ、石神井川の船着場に足早に向かった。倫太郎は充分に距離を取って追った。甚八の手にした提灯の灯りは、小さく揺れながら船着場に向かって行く。

倫太郎は追った。背後から微かな足音がし、鶴次郎と勇次が追いついて来た。

「船着場ですか……」

「ええ」

「山谷堀から隅田川に出て、神田川を遡りますか……」

勇次は、田中芳之助の屋敷までの川筋を読んだ。

「きっと……」

倫太郎は頷いた。

甚八の漕ぐ猪牙舟は、北原を乗せて石神井川を下って山谷堀に入った。

勇次は、倫太郎と鶴次郎を猪牙舟に乗せて追った。

甚八の漕ぐ猪牙舟は、山谷堀に櫓の軋みを響かせて進んだ。勇次は、櫓の軋みを忍ばせ、甚八の間に合わせた。

北原を乗せた甚八の猪牙舟は、山谷堀を抜けて隅田川に出た。

隅田川には野菜を運ぶ荷船が僅かに行き来していた。

甚八の操る猪牙舟は、流れに乗って浅草吾妻橋を潜った。倫太郎と鶴次郎を乗せた勇次の猪牙舟は、続いて吾妻橋の下を抜けた。

甚八の猪牙舟は北原を乗せ、両国橋の手前の神田川に入った。

勇次の猪牙舟は、船宿『笹舟』の船着場を横目にして柳橋を潜った。

神田川を遡った甚八の猪牙舟は、お茶の水の懸樋《かけひ》を潜って水道橋の船着場に船縁を寄せた。

勇次は、懸樋の下の暗がりに猪牙舟を寄せた。

倫太郎と鶴次郎は、甚八の猪牙舟を窺った。

神田川の流れに北原の声が聞こえた。

「甚八、長い間世話になった。礼を申す」

「京一郎さま……」

「私が降りたら早々に帰って下さい」

「では、やはり……」

甚八の声は震えていた。

「さらばだ」

北原は明るく言い残し、甚八の猪牙舟を降りた。

「倫太郎さん……」

「はい」

倫太郎と鶴次郎は岸辺に上がった。

「勇次、田中の屋敷だ」

「分かりました。じゃあ、弥平次の親分に報せて来ます」

勇次は猪牙舟の舳先を廻した。

倫太郎と鶴次郎は、北原を追って本郷の武家屋敷街に走った。

夜が明けた。

田中屋敷の表門が開けられた。

二人の中間が出て来て門前の掃除を始めた。

主の田中芳之助は、小普請組組頭として登城する日だった。

北原京一郎は、向かいの屋敷の塀の陰に潜んでいた。

倫太郎と鶴次郎は見守った。

中間の掃除が終わり、時が過ぎた。

裃姿の田中芳之助が、家来と中間を従えて屋敷から出て来た。

北原は羽織を脱ぎ棄てた。白い着物は昇る朝陽を受けて淡く輝いた。

死装束……。

倫太郎にはそう見えた。そして、それは佐奈が仕立て、日本橋の高札場で渡した風呂敷包みなのだ。

倫太郎の直感が囁いた。

「倫太郎さん」

鶴次郎が切迫した声をあげた。

北原は、刀の下げ緒で襷《たすき》をして田中に向かって走った。

倫太郎と鶴次郎は物陰から飛び出した。

田中の家来が北原に気づき、中間たちが悲鳴をあげた。

北原は、家来に抜き打ちの一刀を浴びせ、猛然と田中芳之助に迫った。田中は驚き、逃げ惑った。

「狼藉者《ろうぜきもの》、狼藉者にございます」

「お出会い下されい。狼藉者です」

二人の中間が声を震わせた。

北原は、田中芳之助を塀際に追い詰めた。

「ち、血迷ったか北原」

田中は恐怖に声を引き攣らせた。

「黙れ、田中芳之助、役目を笠に着ての傍若無人な外道の振る舞い。恨むのなら己を恨め」

北原は、刀を横薙ぎに一閃した。

刀は鋭い唸りをあげ、田中芳之助の首を斬り飛ばした。

倫太郎と鶴次郎は立ち竦んだ。

斬り飛ばされた田中の首は血を振り撒いて飛び、地面に落ちて土にまみれた。

余りにも見事な一太刀だった。

倫太郎は言葉を失っていた。もし、止めようとしていたら、倫太郎たちも北原の一太刀を浴び、地面に倒れて朝陽を浴びているのに違いなかった。

北原は、僅かに乱れた息を整えて刀を鞘に納めた。そして、田中の首の傍に斬奸状を残し、呆然と立ち尽くす倫太郎と鶴次郎に小さく会釈をしてその場を離れた。

「倫太郎さん……」

倫太郎は、鶴次郎の声に我に返って北原を追った。

並ぶ武家屋敷から武士たちが駆け出して来た。だが、すでに北原と倫太郎たちはいなく、田中の死体が残されているだけだった。

一瞬の出来事といって良かった。


寺の境内は朝の静寂に包まれていた。

北原は、本堂の階《きざはし》の下に座った。

倫太郎と鶴次郎は見守った。

「私は小普請組北原京一郎、おぬしは……」

「御家人夏目嘉門が倅、倫太郎です」

倫太郎は微かに震えた。

「夏目倫太郎どの、御覧のように故あって組頭を斬り棄てました」

「はい……」

「そのように目付にお届け下さい」

「はい……」

倫太郎は頷いた。

北原京一郎は落ち着いていた。

「ならば……」

北原は微笑み、脇差を抜いて己の腹に向けて構えた。

腹を切る……。

「倫太郎さん……」

鶴次郎は眉をひそめた。倫太郎は鶴次郎を制した。

見届ける……。

倫太郎は、忠左衛門の言付《ことづ》けを思い出していた。
北原に生きながらえる気はない……。
倫太郎は見守った。
「佐奈……」
北原は微かに呟き、己の腹に脇差を突き刺した。
倫太郎は眼を見張り、鶴次郎は思わず顔を背けた。
北原は脇差を横一文字に引き、前のめりに崩れて絶命した。
見事な切腹だった。
倫太郎は、全身に激しい疲れを覚え、深々と溜息を洩らした。
小鳥が囀り始め、木々の梢から枯葉が舞い落ちた。

公儀は北原京一郎が、小普請組組頭の加藤貢太夫と田中芳之助を斬り棄てて切腹した理由を〝乱心の末〟とした。そして、加藤と田中の悪行を糊塗《こと》し、北原の斬奸状を握り潰して事を納めた。
汚い……。

このままでは、北原京一郎は乱心者の人殺しでしかない。

倫太郎は、怒りを覚えずにはいられなかった。

日本橋通油町の地本問屋『鶴喜』から黄表紙が出版された。

黄表紙の外題は『小普請無残、怒りの斬奸状』と記されていた。そして、戯作者は〝閻魔亭居候〟だった。

黄表紙には、二人の組頭の横暴非道さと無役の小旗本や御家人の無念さが描かれていた。

黄表紙は、小旗本や御家人の間に読み廻され、北原京一郎が二人の組頭を斬り棄てて切腹した真相は知られていった。

小普請組の小旗本や御家人たちは、二人の組頭に怒りを燃やし、北原京一郎を武士の鑑《かがみ》とした。

八丁堀の吉川屋敷は表門を閉めていた。

吉川家に公儀からのお咎めはなかった。だが、佐奈の父親である北町奉行所例繰方与力の吉川左内は、屋敷の表門を閉じた。それは、元娘婿である北原京一郎の所業に対する自発的な謹慎といえた。

百合鷗は、甲高く鳴きながら亀島川の上を飛び交っていた。

佐奈は、北原京一郎が切腹して以来、屋敷を出る事はなかった。

秋は深まり、やがて冬が訪れた。

「倫太郎さん……」

結衣が、倫太郎の部屋に駆け込んで来た。

「どうした」

倫太郎は、転寝《うたたね》から飛び起きた。

「吉川の佐奈さん、春になったら出家するんですって……」

「出家……」

倫太郎は驚き、素っ頓狂な声をあげた。

「ええ……」

佐奈は髪を下ろして尼になり、北原京一郎の菩提を弔うのだ。

倫太郎は、佐奈の北原に対する深い愛を知った。

冬が終わりに近づいた頃、百合鷗は北の空に飛び去り始めた。そして、佐奈は甚八の漕ぐ猪牙舟に乗り、亀島川を根岸の里の尼寺に向かった。その胸には、北原家代々や京一郎の両親の位牌、そして京一郎の位牌を抱えていた。

倫太郎は、亀島橋に佇んで猪牙舟に乗って去って行く佐奈を見送った。

佐奈は去って行った。

秋風と共に飛来し、冬の終わりに飛び去って行く百合鷗のように……。

この作品は書き下ろしです。

# 幻冬舎時代小説文庫

●最新刊

## 剣客春秋　青蛙《せいあ》の剣

鳥羽 亮

旗本茂野家の剣術指南役をめぐる御前試合で、曰くつきの相手との対戦が決まった藤兵衛。負ければ道場閉鎖に追い込まれかねない試合に、藤兵衛は驚天動地の奇策を用意した。白熱の第八弾！

●最新刊

紅無威《くれない》おとめ組

## 壇ノ浦の決戦

米村圭伍

桔梗と小蝶が浦賀水道で発見した瀕死の男。その今際の言葉、「鰐に船底を突き破られた」とは何を意味しているのか？　謎が謎を呼ぶ海賊騒動の予想外の結末に大興奮。人気シリーズ、第三弾！

●最新刊

御家人風来抄

## 花狩人

六道 慧

近頃、値上がり必至という蘭が評判だ。仇討ちを引き受けた弥十郎は、死んだ苗売りの男が何かを見た直後に殺されたことを突き止める。見え隠れする中野清茂の影。弥十郎に魔の手が伸びる！

●幻冬舎文庫

## 月曜の朝、ぼくたちは

井伏洋介

転職したものの成果を上げられず降格寸前の里中正樹は、7年ぶりに大学の仲間と再会する。一人の死をきっかけにそれぞれの人生が再び交錯しはじめるが……。切なくも力強い傑作青春小説！

●幻冬舎文庫

## ペンギンの台所

小川 糸

『食堂かたつむり』でデビューした著者に代わって、この度ペンギンが台所デビュー。まぐろ丼、おでん、かやくご飯……。心のこもった手料理と様々な出会いに感謝する日々を綴った日記エッセイ。

# 幻冬舎文庫

●最新刊
## 躁病見聞録
この世のすべては私のもの
加藤達夫

「躁」のビッグウェーヴは突然現れた。迸る熱狂のエネルギーに突き動かされ、著者は世界の頂点を目指す！　禁断の世界紀（奇）行、これは夢か現か妄想か!?　躁病者、初めての衝撃手記。

●最新刊
おっさん問答①
## おっさん傍聴にいく！
北尾トロ　下関マグロ

「チカンを認めた被告はなんて言い訳するの？」「証人の涙は判決を左右する？」など、傍聴初心者から傍聴好きライターへ、好奇心全開の疑問が投げられる。裁判傍聴は、意外なことだらけだ！

●最新刊
## サッカー監督はつらいよ
平野　史

架空の監督J氏のJリーグ監督就任から1シーズンを終えるまでの姿をリアルに描く。知られざる監督の日常を追う痛快エッセイ！　歴代の日本代表監督を解説する「代表監督もつらいよ」も収録。

●最新刊
## 魂の箱
平山　譲

親友を死なせた過去をもつ不良少年、ボクシング歴なしの高校生、老トレーナー、そして重度の視覚障害を負った元世界王者。傷だらけの四人が世界を目指す姿を描いた感動ノンフィクション。

●最新刊
## 小説　会計監査
細野康弘

老舗化粧品メーカーの粉飾決算、メガバンクの消滅、大手証券会社の不正会計……。社会を騒がせた企業不祥事の愚かしい裏側が今こそ暴かれる。渦中の監査法人・元幹部が描く迫真の経済小説。

## 幻冬舎文庫

●最新刊
### レッドスカイ
ジョセフ・リー／著
青木　創／訳

米軍基地が居座る東京・横田市で米兵による少女レイプ事件が発生し波紋を呼ぶなか、水面下では日米の航空会社が業務提携交渉を進めていた……。国際派が描く傑作エンターテインメント長篇。

●幻冬舎アウトロー文庫
### エム女の手帖
泉美木蘭

「じゃ、ここで浣腸して」。純白のランボルギーニに乗った客は、助手席のすみれに言った。借金返済のため、ＳＭクラブで働く彼女に襲いかかる変態男たちとの日々を赤裸裸に綴った実録コメディ。

●幻冬舎アウトロー文庫
### 私の秘密、後ろから……
扇　千里

「ああ、いい、いいわ、肛門気持ちいい」。なんてあさましい姿なの。なんて淫らな私。クールビューティと呼ばれ、Ｆカップと美しく淫乱すぎる尻の人妻・翔子が語るアナル千夜一夜。

●幻冬舎アウトロー文庫
### 夜の婚活
草凪　優

夜の公園に連れ出された22歳の郁美の恥部を、木陰から襲うペンライトの群れ。「いまごろ気づいたのかい？」。恥辱はやがて恍惚に変わり、無垢な女の悶え泣きが夜闇に響き渡る。

●幻冬舎アウトロー文庫
### 恋人
松崎詩織

部長職にある神崎太一が、隣部署のＯＬ美奈と二人で会った二度目の夜。気がつくと激しく唇を貪り、舌を絡めあっていた。妻子ある男と恋人がいる若い女の淫猥な純愛を描く、傑作官能小説。

## 幻冬舎文庫

●好評既刊
### 瞬
河原れん

泉美は同乗していたバイク事故で恋人の淳一を亡くし、そのショックで最期の記憶を失ってしまう。悲しみを抱えながら生きる泉美は、弁護士の真希子の手を借りて、記憶を取り戻そうとするが……。

●好評既刊
### 階段途中のビッグ・ノイズ
越谷オサム

廃部の危機に立たされた軽音楽部の神山啓人は、仲間といっしょに文化祭のステージでの「一発ドカン」を目指して奔走するが……。爽快、痛快、ときどきニヤリ。ラストは涙の傑作青春小説！

●好評既刊
### ランナー
あさのあつこ

家庭の事情から、陸上部を退部しようとした碧李。だがそれは自分への言い訳でしかなかった。碧李は、再びスタートラインを目指そうとするが――。少年の焦燥と躍動を描いた青春小説の新たな傑作。

●好評既刊
### 交渉人・爆弾魔
五十嵐貴久

都内各所で爆弾事件が発生。交渉人・遠野麻衣子はメールのみの交渉で真犯人を突き止め、東京のどこかに仕掛けられた爆弾を発見しなければならない――。手に汗握る、傑作警察小説。

●好評既刊
### ビット・トレーダー
樹林　伸

電車事故で最愛の息子を失った男。慰謝料を株に突っ込み大当たりした日から人生は激変した。増え続ける金、愛人との生活、妻や娘との不和。家族の絆を取り戻すため、男は人生の大勝負に挑む！

閻魔亭事件草紙《えんまていじけんそうし》

# 婿養子《むこようし》

藤井邦夫《ふじいくにお》

平成22年6月10日　初版発行

発行人――石原正康
編集人――永島賞二
発行所――株式会社幻冬舎
〒151-0051東京都渋谷区千駄ヶ谷4-9-7
電話　03(5411)6222(営業)
03(5411)6211(編集)
振替00120-8-767643
印刷・製本―中央精版印刷株式会社
装丁者――高橋雅之



幻冬舎時代小説文庫

ISBN978-4-344-41495-2　C0193　ふ-16-4